LA BROUETTE DU VINAIGRIER,

DRAME EN TROIS ACTES;

Par M. MERCIER.

Prix, 30 sols.

A LONDRES;

Et se trouve à Paris,

Chez les Libraires, qui vendent les Nouveautés.

MDCCLXXV.

PREFACE.

C'EST une aventure affez connue, arrivée à Paris au commencement de ce fiécle qui a fourni le fujet de ce Drame. Le fait eft plaifant & fert à prouver que l'orgueil des rangs, fi haut, fi intraitable dans les difcours, fait s'humanifer à propos, & qu'il ne s'agit au fond que des conditions pécuniaires.

C'eft en même tems un exemple (quoiqu'en petit) de ce qui fe paffe tous les jours dans le monde : toutes ces plaintes fur de prétendues méfalliances font ordinairement le cri de la cupidité trompée. On unit pour toute la vie (au nom de l'argent) deux perfonnes, qui ne fe font jamais vues ; on fépare deux ames fenfibles, faites l'une pour l'autre, & le mariage, contrat & lien des cœurs, eft déshonoré par ce calcul intéreffé, qui femble éteindre les plaifirs de l'amour & vendre jufqu'aux chaftes baifers de l'innocence.

Voilà l'ouvrage des hommes. Ils s'uniffent ou fe méprifent, ils s'embraffent ou fe repouffent, ils fe flattent ou fe déchirent, à raifon d'un coffre fort vuide ou plein ; & ils accufent enfuite le plus augufte des nœuds, des malheurs qu'ils ont préparés eux-mêmes. Plus ou moins d'un métal jaune ou blanc établit des intervalles immenfes entre citoyens enfans de la même patrie & égaux par leur mutuelle dépendance, quand ils ne le feraient pas par la loi de nature !

Ne pourrait-on pas faire par raifon & par fentiment
ce qu'on a fait mille fois par avarice ? Mais non, pour
créer des diſtinctions imaginaires, on détruit les liens
de la plus naturelle fraternité ; l'acte le plus libre eſt
aſſervi à toute la maſſe de nos préjugés. On fait gémir,
dans la fleur de fa jeuneſſe, la Beauté qui fe confume,
appellant envain l'Hymen tardif, que l'Orgueil
tyrannique éloigne encore. On aime mieux la livrer à
une mort lente, que d'ôter quelques grains à la ba-
lance qui peſe ſcrupuleuſement les fortunes, & la rou-
geur monte plus enflammée au front de tel pere à qui
on demande fa fille, que ſi on lui apprenait fa honte
ou fon infamie.

Qu'arrive-t-il auſſi de mettre à l'encan la Beauté ?
Tout deſpotiſme aigrit l'ame ; la Diſcorde prend la
place de l'Amour, & les Furies fondent leur trône
fur des facs de mille livres.

Tout ce qui mêle les différens états de la ſociété, &
tend à rompre l'exceſſive inégalité des conditions,
ſource de tous nos maux, eſt bon politiquement
parlant. Tout ce qui rapproche les citoyens eſt le
ciment facré qui unit les nombreuſes familles d'un
vaſte État, qui doit les voir d'un œil égal. La même
loi qui défend aux freres de s'allier à leurs ſœurs, devrait peut-être interdire aux riches de s'allier aux riches.

Qu'il eſt beau, même en ſpéculation, de voir certaines familles defcendre d'une hauteur démeſurée, tandis que d'autres monteraient, paraitraient fur la ſcène
à leur tour & fe régénéreraient. Cette eſpece d'échange

de biens, serait fort avantageux à la Nation. Il promenerait le signe de toutes les valeurs, & par conséquent le gage des jouissances. Il adoucirait la lutte terrible & perpétuelle de l'opulent superbe & du pauvre envieux. Il disperserait le suc nourricier & ferait refleurir toutes les branches qui périssent & se desséchent. Que de beaux arbres antiques, à tête auguste & fière, couvriraient obscurément la terre de leurs rameaux sans l'arrosoir de la finance ! Mais tout le monde n'est pas assez noblement né pour avoir de fortunées syllabes à trafiquer.

Que j'aimerais à voir refluer la séve jusques dans les plantes humbles qui rampent aux pieds de ces chênes élevés qui, les bras ouverts à tous les rayons du soleil, interceptent la moindre goutte de rosée. Quel est l'homme qui trouvera le secret du meilleur système économique ; ce sera celui peut-être qui saura le mieux hacher les grosses & monstrueuses fortunes, les diviser, les subdiviser ; il aura trouvé le remède le plus pressant à l'hydropisie qui étouffe les uns, tandis que l'ethisie mine les autres....

Mais revenons à notre anecdote. On ne la transcrira point ici, parce qu'elle se trouve consignée dans tous les recueils d'historiettes, inventés pour l'amusement des lecteurs ; tel est de ce nombre le fameux livre intitulé *le Gage touché*, &c. J'ai connu un vieillard, contemporain de mon héros, qui m'a dit que le Vinaigrier avait nom ********, & que le pere avec qui il s'allia, était homme de naissance. Le fils du Vinaigrier, éperdument amoureux, tomba malade de langueur ; & , le pere , lui ayant arraché son secret, l'encouragea à avoir bonne espérance. Il apporta l'éloquente Brouette qui persuada ; & le mariage qui ne se ferait point fait, se fit par ce moyen.

On ne manquera pas, même avant que d'avoir lu la piece , de dire : *la Brouette du Vinaigrier ! quel sujet !... les personnages de ce Drame font trop bas !* j'ai prévu le reproche , & je l'ai bravé.

Qu'on ne calomnie point ma Brouette ; elle est assurément respectable. Il n'est aucun homme qui, la trouvant à sa porte , ne s'empressât , & par préférence , à lui donner l'hospitalité. Elle renferme l'objet des vœux ardens de tous les mortels. Cela change la thèse , je crois. La poule aux œufs d'or , si elle éxistait ; pondrait fierement sur le trône des Rois. Me voilà donc réconcilié avec le *bon goût.* Ma Brouette n'est pas exterieurement dorée comme le *coffre de Ninus* * : mais elle n'y perd rien ; elle peut se présenter en bonne compagnie ; elle aura l'air de ces gens qu'on reçoit sous des habits mesquins ; parce qu'on fait qu'il ne tient qu'à eux d'être vétus autrement. Voilà donc ma Brouette annoblie , ou je ne m'y connais pas. Le censeur le plus farouche s'adoucira , & voudrait bien la tenir ; dût-il la rouler comme mon héros.

Mais j'ai d'autres raisons à donner , si l'on veut bien m'entendre. Le Poëte dramatique (ainsi du moins je le conçois) est peintre universel. Tout

____

* Dans le Sémiramis de M. de Voltaire.

le détail de la vie humaine eſt également ſon objet. Le manteau royal & l'habit de bure ſont indifferens à ſon pinçeau. Il ne s'arrête point à ces décorations extérieures, ouvrage du hazard ou du moment. C'eſt le cœur de l'homme qu'il cherche, qu'il ſaiſit, qu'il tourne entre ſes mains, qu'il examine à loiſir. Tout lui eſt précieux dès que la choſe eſt vraie, & peut ajouter à la fidelité du tableau. Il aura un reſpect attentif pour tous les traits naïfs qui conſtituent tel individu. Après avoir ſoulevé la premiere ſuperficie, il verra les mêmes affections régir le Monarque & le pâtre. Ce n'eſt, au fond, que la même ſubſtance, & le cri de la nature n'eſt pas plus déchirant dans le ſein de l'un, que dans le ſein de l'autre. Aux yeux du Poëte, rien donc ne ſera grand que la vertu, rien ne ſera vil que le vice. Que lui importe un diadême? Sous cette étoffe groſſiere, il a touché une ame ſenſible. Voilà ce qu'il demande, ce qu'il aime à peindre, ce qu'il adopte avec tranſport. Voilà l'objet inépuiſable de ſon art. Il devient fécond, animé, riant & moral. Il l'aura creuſé dans toute ſa profondeur; il l'aura vu ſous tous ſes rapports, c'eſt-à-dire, accompagné des grands moyens de former les mœurs, & de préſider à l'inſtruction publique; il n'aura rien dédaigné en conſéquence de ce qui éxiſte; (car tout fait leçon à qui ſait voir:) il aura toujours préféré l'homme à l'acceſſoire; & la ſatisfaction d'avoir honnoré quelquefois le mérite privé de titres, lui tiendra lieu de gloire, au défaut du ſuccès.

XXXXX:XXXXXXXXXXXXXXXXXXXX

PERSONNAGES.

Monsieur DELOMER, *Négociant.*

Mademoiselle DELOMER.

Monsieur JULLEFORT, *prétendu de Made-*
moiselle Delomer.

DOMINIQUE *pere, Vinaigrier.*

DOMINIQUE *fils.*

Monsieur DU SAPHIR, *Bijoutier.*

DOMESTIQUES.

La Scene est à Paris, dans la maison de
Monsieur Delomer.

LA

LA BROUETTE
DU
VINAIGRIER,
DRAME.

ACTE PREMIER.

SCÈNE PREMIÈRE.
M. JULLEFORT, M. DU SAPHIR.

(M. Jullefort entre comme M. du Saphir sort ; ils se croisent d'abord au milieu du Théâtre, & ne se reconnaissent qu'après s'être salués.)

M. JULLEFORT.

EH ! c'est vous, Monsieur du Saphir ?

M. DU SAPHIR.

Monsieur, bien charmé de la rencontre ; elle est

A

heureuse ; je fuis toujours tout à votre fervice ; je vous ai les plus grandes obligations ,... & ma re-connaiffance....

M. JULLEFORT.

Vous avez un teint de rubis .... la femme , les enfans , le commerce ; comment tout cela va-t il ?

M. DU SAPHIR.

Le bijou ne va pas mal , fi l'on était payé .... & vous, Monfieur, à propos, pas encore marié ? J'at-tends après vous ; car j'efpere bien que ce ne fera pas un autre que moi qui aura l'honneur de vous fer-vir ... J'ai toujours en réferve ces belles girandoles que vous m'aviez demandées pour cette veuve.

M. JULLEFORT, fe retournant, alarmé.

Paix donc ! paix ! parlez doucement.

M. DU SAPHIR.

Pourquoi donc ?

M. JULLEFORT.

De la difcrétion , Monfieur du Saphir ! Je ne veux pas que l'on fache ici que j'ai manqué ce ma-riage .... mais connaiffez-vous bien cette maifon ?

M. DU SAPHIR.

Si je la connais ! c'eft mon pere en perfonne qui a eu l'honneur de percer les oreilles à feue Madame Delomer le jour de fes fiançailles. Nous avons tou-jours eu depuis la pratique de la maifon. Je con-nais cette maifon-ci comme la mienne ; j'y fuis très-bien accueilli. Demandez à M. Delomer ce que nous fommes.

M. JULLEFORT.

Et si je vous demandais à vous ce qu'il est. (*A voix baffe.*) Là, dites-moi en bon ami, n'est-il jamais gêné ; paie-t il bien ? cela va-t-il rondement ?

M. DU SAPHIR.

Oh ! oui ; jamais de crédit. J'ai beau lui dire, à votre aife, Monfieur ; toujours folde de compte auffitôt la marchandife livrée ; le papier qu'on me donne eft comme du comptant... Tenez, j'aurais tout mon bien chez cet homme là , que je dormirais auffi tranquillement que s'il était placé chez le Roi.

M. JULLEFORT.

Il eft donc , felon vous, bien aifé ?

M. DU SAPHIR.

Il fait de très-belles affaires ; l'argent roule là-dedans, il faut voir : il n'y a rien de tel que ces négocians-là ; il leur arrive du bien des quatre parties du monde. Nous fommes fix bi ouriers qui lui fourniffons pour des envois , & nous pouvons à peine y fuffire.

M. JULLEFORT.

Ce font des boëtes d'or que vous venez de livrer, à ce que j'ai pu voir....

M. DU SAPHIR.

Oui, toutes boëtes pleines ; elles font deftinées pour Peterfbourg : on paie bien de ce côté-là....

J'ai apporté une petite bague pour Mademoiselle;
On m'en avait fourni le diamant, beau, clair, net;
je viens de mettre cette bague à son doigt, elle a
une fort jolie main, cette fille-là.

M. JULLEFORT.

Et sa tête, qu'en dites-vous ?

M. DU SAPHIR.

Mais très-bien, en vérité .... très-bien....

M. JULLEFORT.

Rien de trop cependant ; au reste, telle qu'elle
est, je crois que j'en deviens amoureux de plus en
plus, sur-tout lorsque vous me parlez de l'aisance
du pere, cela m'attendrit.... Il est donc, à coup sûr,
d'une fortune solide, ce Monsieur Delomer? ..Vous
n'avez aucun intérêt de me tromper, vous...

M. DU SAPHIR.

Moi ! Monsieur, informez-vous plutôt à tout le
monde.... Il a des correspondances jusqu'au fond du
Nord.

M. JULLEFORT.

Il est vrai que son nom sonne bien dans le monde.... Allons, il faudra que je termine cette affaire ... il fait un commerce immense, sa fille est
son unique héritiere ; c'est une fille adorable ; il est
bien décidé que je l'aime.

M. DU SAPHIR.

Mais vous avez bien des sortes d'amour ; comment diable faites-vous donc ?

M. JULLEFORT.

Pas fi haut, vous dis-je... Vous êtes d'une imprudence !...

M. DU SAPHIR.

Mais perſonne n'eſt là ... (*Très-bas.*) Je croyais que vous aviez rompu avec la veuve pour cette vieille fille. Cela n'a donc pas encore réuffi ? Ce n'était pas cependant les eſpeces qui manquaient de ce côté .... & pourquoi n'avez-vous pas ſuivi votre pointe ?

M. JULLEFORT.

Quoi ! vous êtes à ſavoir que ſes parens l'ont fait enfermer ſubtilement, ſous prétexte de démence ? Elle n'avait pourtant que ſoixante-ſix ans : ils m'ont joué là un tour perfide ; c'eſt une perte pour moi irréparable. On ne ſait pas, Monſieur du Saphir, on ne ſait pas juſqu'où cela allait : je ne reculais pas cette fois à me marier, j'aurais bataillé mais l'interdiction eſt venue comme un coup de foudre. Il a fallu quitter la partie.

M. DU SAPHIR.

Vous avez du malheur, en vérité .... voilà dix fois que je vous vois à la veille de contracter, & avec d'affez bons partis ; point du tout, quand il n'y a plus qu'à ſigner, voilà qu'il n'y a plus rien de fait.

M. JULLEFORT.

Que voulez-vous auffi ? je ne ſuis pas un imbécile , moi ; un homme à me marier en dupe. En vérité, il faut l'avouer , si l'on n'y prenait garde , un sot marché serait bientôt conclu. L'un ; c'est sa fille qu'il veut marier adroitement ; elle est bien mise , bien brillante , on me la prône , on me la fait toute d'or , je me montre amoureux , rempli d'une excessive tendresse ; & quand nous en venons au fait , il n'y a plus d'argent. Paraissent de vieux contrats réduits à moitié que l'on veut me passer plus cher que sur la place même ; c'est une dot payable en des termes éloignés , c'est-à dire, une espérance, & par conséquent un germe de procès contre un beau-pere. C'est un trousseau estimé ; ah ! à un prix au dessus de ce que je le paierais chez le plus dur Juif à dix ans de crédit ; aussi mon amour expire involontairement ; l'amour ne se nourrit point de brouillards ; il faut en ménage de la réalité.

M. DU SAPHIR.

Il est vrai que la fortune d'une fille aujourd'hui ressemble assez à son caractere ; ce n'est qu'une conjecture ; on est amorcé par des promesses dorées, & l'on ne tarde pas à être attrapé. Les femmes n'en sont pas moins dispendieuses ; voyez seulement dans notre état ; elles se sont mises sur un ton , un ton .... en vérité, il n'y a plus moyen d'y tenir ; il faut voler , ou faire banqueroute.

M. J ULLEFORT, *comme par souvenir,*
& souriant à demi.

Une fois .... il y a quelque tems de cela .... une
fois j'ai bien manqué d'être pris. J'étais sur le point
de signer, dans la certitude d'épouser une fille unique : elle était assez riche. La mere avait quarante-
quatre ans sonnés ; elle n'avait point eu d'enfans
depuis dix-sept années. Cela paraissait sans ombrage.
Heureusement pour moi que je songe à tout, & que,
la regardant un certain soir très-fixement, je la
soupçonnai tout-à-coup, ... devinez .... oh ! ce fut
une illumination soudaine, un véritable trait de
génie .... je fis naître prudemment un prétexte pour
différer, & bien me prit alors, car deux mois après
il n'y avait plus aucun doute. Un second enfant venait en tapinois m'enlever malignement la moitié
de mon bien. Tout autre que moi ferait tombé
dans le piége. Avouez .... qui diable aurait pensé ?...
or jugez quelle énorme différence ! moitié moins
d'un seul coup !... aussi depuis ce temps-là, quand
on me parle d'une fille, c'est d'abord de la mere
que je m'informe, & si elle n'a pas cinquante-cinq
ans révolus ... je passe plus loin.

M. DU SAPHIR.

Pour ici vous n'avez rien à craindre de semb'a-
ble ; la pauvre Madame Delomer est enterrée depuis douze ans .... j'ai assisté à son convoi....

A 4

M. JULLEFORT.

Fort bien ... & vous avez vu appofer les fcellés ?...
On n'a rien détourné ?

M. DU SAPHIR.

Oh ! Monfieur Delomer eft d'une probité re-
connue.

M. JULLEFORT.

Sa fille eft bien fille unique.

M. DU SAPHIR.

Je vous en réponds, Monfieur, affurément.

M. JULLEFORT.

Bon .... c'eft que par fois il y a des freres qui dé-
barquent un beau matin , révenant de l'Améri-
que , ou bien des fœurs qui fortent du Couvent
comme des Ombres , & dont on ne parlait pas...
J'ai de l'expérience. Au refte , Monfieur Delomer
n'eft pas capable d'une telle perfidie.

M. DU SAPHIR.

Mais fur ces fortes de chofes-là , en bonne po-
lice, il devrait y avoir , dans chaque province, un
Bureau d'affurance.

M. JULLEFORT.

Ne croyez pas plaifanter ; vraiment ce ferait un
projet à donner, & plus utile que tant d'autres ...
mais dites moi un peu , vous qui l'approchez depuis
long-temps , vous lui avez toujours connu une conduite rangée , réguliere ? vous ne lui foupçonnez

pas quelque inclination en ville, où quelque vieille habitude ?....

M. DU SAPHIR.

Que voulez-vous dire ?

M. JULLEFORT.

Je veux dire si je n'aurais pas à appréhender qu'il vint follement à se remarier, comme font certains vieux qui en prennent envie, quand ils voyent leurs enfans .... vous entendez ?

M. DU SAPHIR.

Non, non ; ne craignez rien. Il ne se remariera jamais ; il aime trop sa fille pour cela. Je suis sûr qu'il voudrait avoir quatre fois plus de bien, pour le seul plaisir de lui tout laisser.

M. JULLEFORT, *avec une exclamation joyeuse.*

Vous avez raison ; c'est une aimable fille, une fille charmante .... vous m'enchantez.... Ah ! çà, vous ne sçavez point que je l'aime à la folie.... Je le vois, c'est elle qui doit être ma femme .... point de mere, point de frere.... Allons, allons, Monsieur du Saphir, apprêtez-vous ; vos girandolles partiront cette fois.

M. DU SAPHIR.

Puis-je compter ?...

M. JULLEFORT.

Vous ne risquez rien, vous dis-je, de préparer les présens des accords. Dès tout-à-l'heure, je presse le pere de conclurre.

M. DU SAPHIR.

Mais, fans trop de curiofité, êtes-vous bien dans la maifon ?

M. JULLEFORT.

Très-bien. J'ai été préfenté par une perfonne qui a un rang, & je me fuis fait recommander par gens qui ont beaucoup de fortune ; ainfi....

M. DU SAPHIR.

A merveille !... mais penfez-vous que la Demoifelle vous voye d'un regard favorable ?

M. JULLEFORT.

Oh ! oui .... oui ; quand il s'agit du Sacrement, une fille aime toujours affez. Nous aurons tout le tems de nous connaître pour nous aimer enfuite ; ce n'eft pas là mon inquiétude. Le pere eft fou de moi, fes affaires vont rondement, tout cela ira le mieux du monde, & je fais déjà où placer. (*Vivement.*) Apportez moi dans une heure les diamans & les bijoux ; je figne dès aujourd'hui....

M. DU SAPHIR.

Je me recommande toujours à vous & à vos amis. J'entends, je crois, Monfieur Delomer ; votre très-humble ferviteur.

M. JULLEFORT.

Qu'il ne vous voye pas.

M. DU SAPHIR.

Je me fauve.

SCENE II.

M. JULLEFORT, *feul.*

On m'avait bien informé de tout ce qu'il m'a
dit là ; mais il eſt toujours bon de queſtionner ;
le plus petit fait ſouvent les choſes qu'on croit le
mieux cachées, & ce ne ſont pas toujours les gens
de la maiſon qui en connaiſſent le véritable inté-
rieur. Le témoignage de ce Bijoutier m'a fait plaiſir. Il eſt fort agréable d'entendre prôner le bien
qui doit nous être propre … qu'un contrat eſt une
choſe bien imaginée ! D'un trait de plume, là, ſans
rien débourſer, on acquiert des maiſons, des effets
royaux, de l'argent, des meubles … il eſt vrai
qu'on a une femme ; mais on vit avec elle à ſon
aiſe, on régle ſa dépenſe ; on eſt maître, après
tout, de la Communauté … nos ayeux n'étaient
pas des ſots … C'eſt un parti tel qu'il me convient…
Quand le pere ne me donnerait que deux - cent
mille francs comptant, puiſque le reſte eſt ſûr, il
n'eſt pas jeune, nous patienterons … il y a des
jours cependant qu'il paraît encore bien verd !…

SCENE III.

M. DELOMER, M. JULLEFORT.

M. DELOMER, *paraît dans le fond de la Scène, avec un porteur qui a une sacoche vuide sur l'épaule ; il lui distribue avec réflexion différens papiers.*

Tenez, vous ferez votre tournée dans le quartier Saint-Honoré.

(Le porteur va pour s'en aller ; Monsieur Delomer s'avance, puis rappelle le porteur.)

Bonaventure, écoutez, donc ; vous passerez auparavant au Bureau. Monsieur Dominique aura peut-être quelqu'autre chose à vous donner. (*Le porteur s'en va.*) (*Il apperçoit Monsieur Jullefort.*) Ah, ah ! c'est vous ? comment avez-vous passé la nuit ?

M. JULLEFORT.

Le mieux du monde, & vous ?

M. DELOMER.

Moi, j'ai eu le sommeil agité... hier au soir, en vous quittant, je m'enfermai dans mon cabinet, & quand une fois je travaille tard comme cela, le reste de la nuit s'en ressent ; je la passe toute blanche, à bâtir, comme l'on dit, des châteaux en Espagne.

M. JULLEFORT.

De pareilles nuits valent souvent les plus agréables journées, n'est-il pas vrai? Sur-tout quand, ne pouvant dormir, on forme tout à son aise, dans le silence & la tranquillité des nuits , une spéculation bien conçue, bien nette, & qu'à quelque tems de-là, elle réussit à plaisir... on ne regrette plus la nuit blanche...

M. DELOMER.

Je n'ai pas eu à me plaindre de la fortune, jusqu'à présent elle m'a assez favorablement traité; &, je vous l'avouerai , après de certaines rentrées que j'attends , & qui ne tarderont guères, ma fille une fois établie, c'en est fait , je me repose.

M. JULLEFORT.

Oh ! vous vous reposerez, il est juste ; mais tout en faisant valoir vos fonds, n'est-il pas vrai? Oui. Cela amuse, cela distrait, cela réjouit. C'est une occupation. Au reste, il ne tiendra qu'à vous que votre fille ne soit bientôt établie, vous connoissez mes intentions... mon seul desir est de l'obtenir le plutôt que je pourrai.

M. DELOMER.

Je le sais, & l'on m'a parlé encore hier de vous en termes pressans, vous avez des amis qui ont beaucoup de chaleur : aussi c'est, en partie, ce à quoi j'ai rêvé cette nuit: ma fille doit s'attendre à vous recevoir pour époux, depuis que je vous ai

ouvert ma maifon avec une diftinction auffi mar-
quée .... d'ailleurs, la maniere dont nous avons
parlé en fa préfence ....

M. J U L L E F O R T.

Il ne s'agit plus, je crois, que de fixer le jour
qui doit affurer mon bonheur.

M. D E L O M E R.

Nous allons prendre l'heure pour le contrat ;
votre Notaire m'a fait part d'une petite formule
que vous avez mife à la fuite de l'état de vos
biens.

M. J U L L E F O R T, *d'un ton hypocrite.*

Mais je ne le lui avais pas dit.

M. D E L O M E R.

Dit ou non dit, je ne m'offenfe point de cela :
il eft jufte que chacun faffe fes conditions ... une
fille, avec des attraits, a toujours des adorateurs ;
mais ce n'eft qu'avec une dot qu'elle devient femme.

M. J U L L E F O R T.

Oh ! je ne prétends point faire de loi, mais ob-
ferver feulement une certaine forme pour fe pré-
munir contre la chicane. La chicane ! vous favez,
on ne faurait trop confolider un contrat : c'eft non-
feulement pour toute la vie , mais encore pour
les enfants, les petits-enfants & les arrière-petits-
enfants. Vous favez qu'il faudra que je tienne maifon ; & que , pour qu'elle foit exempte de ces gênes
difgracieufes , qui troublent tout le plaifir d'être
enfemble. ...

M. DELOMER.

Aussi je vous le répete, rien ne m'a offensé dans vos articles : je n'en ai qu'un de mon côté à opposer aux vôtres ; mais aussi j'y tiens invinciblement, ce n'est que sous cette condition que j'accorderai ma fille, & je crois être sûr d'avance que vous y souscrirez...

M. JULLEFORT, *inquiet.*

Vous êtes sûr !.. vous me connoissez-bien...; mais est-ce de grande conséquence ?

M. DELOMER.

De la plus grande ; aussi je n'ai que cette condition-là : j'exige de vous, que vous me donniez votre parole d'honneur, que vous la remplirez dans toute son étendue.

M. JULLEFORT, *à part.*

Il me fait trembler. Serait-ce de rendre la dot en cas de décès. C'est toujours là la pierre d'achoppement. (*D'une voix un peu alterée.*) Quelle est-elle enfin cette condition ?

M. DELOMER.

C'est de la rendre toute sa vie heureuse, bien heureuse, la plus heureuse des épouses, entendez-vous ?

M. JULLEFORT.

Ce n'est que cela ! (*à part.*) je respire (*Haut.*) Ah ! comptez sur moi, en douteriez-vous ?

M. DELOMER.

On ne connait jamais un amant qu'après le mariage. L'homme qui afpire à la main d'une fille fe
contrefait toujours, & chacun prend un mafque qu'il
ne tarde gueres à dépofer. Je ne vous mets point
de cette claffe, c'eft une fimple réflexion. On m'a
dit tant de bien de vous, & vous prévenez vous-
même fi fort en votre faveur, que je me fuis décidé. Je veux voir ma fille pourvue, elle eft d'âge,
elle n'a point de mere. Je ne fuis pas une fociété
pour elle. Il lui en faut une : vous dites l'aimer,
& je le crois, puifque vous la demandez avec tant
d'empreffement... tout eft dit. Je m'attends qu'elle
va s'effrayer un peu de cette union. Le change-
ment d'état coûte toujours aux jeunes filles. C'eft
à vous de captiver fon cœur : il eft neuf & fen-
fible, vous le conformerez à votre guife. Il n'y a
que deux ans qu'elle eft fortie du Couvent, & je
n'ai point reçu les affiduités d'un autre que vous.

M. JULLEFORT.

Je me flatte auffi que vous n'auriez trouvé perfonne ami plus vrai, amant plus fincère...

M. DELOMER.

Tout en poffédant ma fille, fes charmes ne vous
empêcheront pas d'arrêter vos yeux fur ce que je
lui donnerai.

M. JULLEFORT.

M. JULLEFORT.

Ah ! Monſieur de quoi me parlez-vous ? Tout ceci ſe verra dans l'étude du Notaire.

M. DELOMER.

Tenez, ce *tout ceci* eſt de ſtyle. Parlons à cœur ouvert. On a beau faire des mines ; le cœur ſaute de joie, quand la richeſſe accompagne la beauté. Ce n'eſt pas que je veuille dire que vous recherchez ma fille uniquement pour ſon bien : au contraire, je crois que vous l'aimez aſſez pour l'épouſer, quand je n'aurais aujourd'hui que peu de choſe à lui donner.

M. JULLEFORT, *à part, & tout intrigué.*

Où cela va-t-il me mener encore ? Oh ! je ſuis ſur les épines. (*Haut.*) Vous dites bien vrai, & ſi ce n'étoient les beſoins multipliés, les folies du jour, je ne ſais quel luxe tyrannique, un état à remplir ... mais c'eſt autant pour elle que pour moi.

M. DELOMER.

N'ayez aucune inquiétude ſur ce chapitre, je n'ai qu'elle, & je veux lui procurer une aiſance honorable, je n'y regarderai pas de ſi près, & vous ſerez content. Tenez, je vais vous dire ce que je veux faire, c'eſt tout ce que je peux d'abord ...

M. JULLEFORT, *attentif & diſſimulé.*

Il faut bien vous écouter, puiſque vous le voulez.

M. DELOMER.

Mais si vous n'entendiez pas ces sortes d'affaires,
nous en causerions tantôt chez notre Avocat, il
est impartial.

M. JULLEFORT.

Puisque nous y sommes, c'est à moi à vous entendre ... il est vrai que je suis peu habile à entrer dans de pareils détails, j'ignore absolument
les claufes & les formes de tels arrangements. ..

M. DELOMER.

En ce cas, remettons-nous-en, si vous l'aimez
mieux, à mon Notaire : il stipulera tout cela avec
le vôtre. Le tableau fera plus net, & vous verrez
d'un coup-d'œil.

M. JULLEFORT.

J'aimerois toujours mieux entendre de votre
bouche le témoignage de vos bienfaits paternels ...
votre ame noble, grande, généreuse ...

M. DELOMER.

On n'est point généreux envers ses enfans, on
n'est qu'équitable : mon intention a toujours été
d'assurer le bien-être de ma fille & celui de mon
gendre. D'abord je vous donne ce qu'il y a de
plus folide au monde, de l'argent comptant. Rien
de plus commode : avec cela, on fait tout ce que
l'on veut, on le prête, on le place, on attend l'oc-
cafion. On achette une terre, une charge : que

fais-je ? on applanit toutes les difficultés, on dou-
ble quelquefois ses revenus.

M. JULLEFORT, *avec emphase.*

Oh ! oui, sans contredit... très-bien vu.

M. DELOMER.

Vous consulterez ensemble ce qui vous rira le
plus, je vous laisse les maîtres : c'est ma maxime,
à moi, qu'on ne réussit jamais bien , que dans ce
qu'on exécute librement , & à la propre fantaisie.

M. JULLEFORT.

Vous parlez toujours d'une maniere si sensée, si
judicieuse que je ne me lasse point de l'admirer ;
certes je me ferai gloire en tout de demander &
suivre vos avis.

M. DELOMER.

Point du tout , vous dis-je : vous ferez à votre
tête , je vous ferai porter la veille la somme, le
reste est absolument votre affaire ; je ne m'en mêle
plus ..... vous serez maître de disposer ...

SCENE IV.

M. JULLEFORT, M. DELOMER, DOMINIQUE.

(Dominique pere arrive dans le moment & coupe la parole à M. Delomer.)

DOMINIQUE pere, *faluant.*

MONSIEUR.....

M. JULLEFORT, *à part.*

Au diable foit de l'homme ! j'allais favoir...

DOMINIQUE *pere, en habit de gros drap, avec un grand chapeau & de grandes manchettes.*

Monfieur permettra-t-il à Dominique fon ancien ferviteur de lui préfenter à cette heure fes devoirs ?

M. DELOMER.

Bon jour, pere Dominique, bon jour... toujours le teint frais !

M. JULLEFORT, *à part.*

Pefte foit de l'importun ! nous en étions au point capital.

DOMINIQUE *pere.*

Je vous importune peut-étre, Monfieur ; je me retire.

M. D E L O M E R.

Point, nous avons fait : vous êtes une connaif-
fance ancienne , un digne homme que je vois
& verrai toujours avec le plus grand plaifir...
nous acheverons tantôt, mon cher Jullefort : auffi
n'ai-je pas tout dit ; je me fouviens de quelque
chofe, qu'il faut difcuter en tierce perfonne. Paffez là-
dedans ; en lui donnant le bon jour , vous cauferez:
elle eft avec une voifine de nos amies.

M. J U L L E F O R T , froidement.

Vous me le permettez.

M. D E L O M E R.

Si je le permets ! Mais voyez donc ! Cela va
fans dire.

S C E N E V.

M. DELOMER , DOMINIQUE pere.

M. D E L O M E R.

Eh bien , pere Dominique, qu'y a-t-il ? je fuis
charmé de vous voir fi bien portant : que m'apportez vous là de bon ?..

D O M I N I Q U E pere.

Je vous apporte, comme de coutume , le petit
mémoire de l'année ; je me fuis mis ce matin à faire
ma ronde.

M. DELOMER.

Mais s'il me prenait fantaisie de ne pas vous donner de l'argent ?

DOMINIQUE *pere.*

Vous feriez comme bien d'autres ; car on ne paye plus.

M. DELOMER.

Comment ! Vous auriez beaucoup de débiteurs, vous ?

DOMINIQUE *pere.*

Ma foi, il n'y a plus guères que cinq ou six de mes pratiques & des plus anciennes qui me donnent là, fans faire la mine, de l'argent, quand je leur en demande : les autres, petits ou grands, prennent des remifes ; & j'ai là une lifte, voyez vous ! où il y a bien des verreux.

M. DELOMEB, *hauffant les épaules.*

Mais, comment peut-on demander crédit à un Vinaigrier ? cela me révolte. (*Il le paie.*)

DOMINIQUE *pere.*

Vraiment, vraiment ! celà vous étonne, eh ! eh ! Si je voulais leur en prêter, plufieurs & des plus hupés m'embrafferaient & m'appelleraient encore leur cher ami.

M. DELOMER.

N'ayez point de tels amis... je vous fouhaiterais un tout autre état, mon cher Dominique ; vous êtes un fi brave homme !

D O M I N I Q U E pere.

Un autre état !... Et pourquoi ? Il y a quarante-cinq ans que j'ai pris ce gagne-pain, je ne m'en repens pas : autant vaut celui-là qu'un autre. Pourvû que je vive en honnête-homme, qu'importe, après tout, ma façon de vivre ? tout en pouſſant ma brouette, j'ai rencontré des gens qui n'étaient pas ſi contens que moi. Que font quatre roues quand une ſuffit à me faire rouler ma vie. Mon pere était un pauvre Vigneron, qui avait travaillé toute ſa vie pour ne boire que de la piquette. Moi j'ai mieux trouvé mon compte à vendre du vinaigre. Je me ſuis ingéré d'en compoſer de plus d'une ſorte, ainſi que des moutardes de ſanté ; &, grace à Dieu, ce n'eſt pas pour me vanter, mais elles ont eu une certaine vogue.

M. D E L O M E R.

Je vous eſtime ſingulierement, & ſur-tout en conſidérant l'éducation que vous avez donnée à votre fils... ce jeune homme-là promet beaucoup.

D O M I N I Q U E pere.

Je venais auſſi pour en cauſer un peu avec vous ... Vous en êtes donc vraiment content ?..

M. D E L O M E R.

Oui, en vérité, très-content : je lui abandonne beaucoup d'affaires à conduire, il s'en acquitte très-bien, avec célérité & prudence : votre fils a des talens ; & chacun eſt enchanté de ſes procédés.

B 4

DOMINIQUE *pere, avec la plus grande joie.*

Ce que vous me dites-là, me met du bon fang dans les veines, & me fera vivre trente ans de plus; c'eft le feul enfant que j'aye eu, c'eft lui qui eft aujourd'hui toute ma joie & toute ma confolation fur la terre. Je n'ai goûté d'autre plaifir depuis que je fuis au monde, que l'idée attendriffante de le voir fe tourner à bien, & devenir un honnête-homme : il l'eft ; je fuis heureux, je ne me fuis marié que pour former un bon citoyen. J'ai donné, felon mon pouvoir, tous mes foins à fon éducation, me retranchant fur le néceffaire pour qu'il ne manquât de rien. Donner la vie eft bien peu de chofe, fi l'on n'y joint l'affurance d'un certain bien-être. C'eft un devoir doux à remplir & qui porte fa récompenfe avec foi. Je l'aurais bien mis de mon métier : mais les enfans ne réuffiffent jamais comme leur pere, ils gâtent leur état ; & puis ils veulent toujours être quelque chofe de plus.

M. DELOMER.

Cela eft dans l'efprit de l'homme qui tend toujours à s'élever.

DOMINIQUE *pere.*

Ils n'en font pas pour cela plus heureux, mais qu'importe ? ils croient l'être : il faut que chacun fuive fes idées, que chacun foit libre, voilà mes principes, à moi .... vous penfez donc qu'il fera fon chemin ?

M. Delomer.

J'en étais prefque fûr dès le moment que vous me l'avez préfenté. La probité donne à la phyfionomie une certaine ouverture qui plait au premier coup-d'œil ; & cette phifionomie eft héréditaire dans votre famille. Il avait alors un air tout anglomane avec fon habit bleu & fes cheveux courts. Je n'ai pas été médiocrement furpris, je vous l'avoue, de vous voir un fils auffi verfé dans l'ufage du monde.

Dominique *pere.*

Voici la troifieme année qui court, depuis que je l'ai fait revenir de chez l'étranger, où je l'ai fait voyager de bonne-heure, n'ai-je pas pris là le meilleur parti ? J'avais un parent, Préfet de Collége, qu'on difait favant, & à qui je ne trouvais pas moi le fens commun, il me difait toujours d'un ton rogue ; fans le latin votre fils ne parviendra jamais à rien... Tudieu ! Mon coufin, lui répondis-je, vous avez beau dire, on ne parle plus latin dans aucune maifon du Royaume. Si mon fils avait befoin d'une autre langue que la fienne, c'eft en Anglois, c'eft en Allemand qu'il lui ferait utile & agréable de favoir s'expliquer ; il trouverait des gens pour lui répondre... & je vous l'envoyai fur le champ dans ces pays-là dès l'age de douze ans. Il demeura chez de braves gens qui le formerent au Commerce & qui de plus tirent beaucoup de mon vinaigre.

M. DELOMER.

Vous avez bien fait, les voyages forment tout autrement que les Colléges. On ne fait que faire trop souvent de ces beaux latiniftes : ils ne poffédent que des chofes inutiles , croient tout favoir, font tout & ne font rien : votre fils m'aide beaucoup ; il vous a plus vîte traduit une lettre Allemande ou Anglaife; & je lui laiffe fouvent faire la réponfe, elle n'en eft que mieux. Je vous protefte qu'il m'eft très-utile & qu'aujourd'hui prefque toute ma correfpondance roule fur lui.

DOMINIQUE pere , un peu interdit.

Toute votre correfpondance !...Diable ! cela m'embaraffe.

M. DELOMER.

Pourquoi donc ? Vous ne répondez pas ... parlez , vous héfitez.

DOMINIQUE pere , vivement.

C'eft que je n'ôfe plus vous dire à préfent que je voulais qu'il s'en allât de Paris.

M. DELOMER.

Qu'il s'en allât ! Et ou irait-il, s'il vous plait ?

DOMINIQUE pere.

Tenez, je ne fais : mais ce garçon-là, depuis que je l'ai fait revenir de chez l'étranger , eft changé confidérablement ; il n'eft point cependant malade : mais qu'a-t-il donc ? Quand il eft arrivé (vous le favez comme moi) il avoit une mine rayonnante

& qui faifait plaifir à voir, de l'embonpoint, des
yeux vifs, des couleurs vermeilles.... à préfent
(prenez y garde) vous verrez fes joues un peu ap-
platies & palotes, fes yeux plus enfoncés &
moins riants: nous avons dîné l'autre jour enfemble;
ça ne mange plus.

M. DELOMER.

Il me fâcherait beaucoup de le perdre ; & certes je regretterais autant fa perfonne que fes talens .... mais le voilà : fouffrez que je l'interroge
un peu à ce fujet .... il fera peut-être moins difcret
avec moi.

DOMINIQUE pere.

Oui, intérrogez-le ....à deux nous verrons ce
qu'il a dans l'ame.

SCENE VI.

M. DELOMER, DOMINIQUE *pere*; DOMINIQUE *fils*.

DOMINIQUE *fils*, *entrant & courant à son pere.*

MON pere … Ah ! je ne favais pas que vous étiez ici … que je vous embraffe !

DOMINIQUE *pere*.

Bon jour, mon fils … j'allais paffer à ton cabinet.

M. DELOMER.

Ecoutez, Dominique … il ne faut rien me dé-guifer … votre pere s'imagine que le féjour de Paris ne vous eft point agréable. Il croit deviner en vous une fecrette envie de retourner aux lieux que vous avez habités fi long-tems; je crois bien que vous n'êtes pas mécontent de ma maifon: mais, comme on n'eft pas maître de fes inclina-tions, fi elles vous éloignaient d'ici, quelque fût mon regret, vous êtes libre.

DOMINIQUE *fils*.

Ah ! Monfieur, qui peut me prêter des fentimens qui font auffi loin de ma penfée? on a mal lu dans mon cœur: moi m'éloigner de vous, moi vous quitter. Ah , mon pere ! ah , Monſieur ! gardez-vous de l'imaginer. Croyez que c'eſt dans toute autre ville que je vivrais malheureux.

D O M I N I Q U E pere.

Parbleu ! je ſuis charmé de m'être trompé. Cet aveu eſt trop chaudement prononcé pour ne pas partir du cœur : puiſqu'il eſt ainſi , nous ſerons tous trois contens. (A M. Delomer.) Vous le voyez Monſieur, il n'eſt pas un ingrat , il vous paye du même attachement que vous avez pour lui.

M. D E L O M E R.

J'en reſſens une ſatisfaction extrême. (A Domi‐nique fils.) Oui , Dominique, j'aurais été fâché de vous voir abandonner ma maiſon ; vous méritez que je vous en faſſe l'aveu, je vois que vous obtiendrez de plus en plus ma confiance & à juſte titre. J'ai de vous enfin la plus favorable idée, & je l'ai dit à votre pere.

D O M I N I Q U E fils.

Monſieur, je borne mon ambition à vous ſatisfaire .... Le témoignage que vous voulez bien en rendre à mon pere, eſt pour moi la plus précieuſe des récompenſes.

D O M I N I Q U E pere , frappant ſur l'épaule de ſon fils.

Mon ami , le prix d'une bonne conduite eſt d'être eſtimé de tout le monde.

M. DELOMER.

Il m'aurait caufé un grand chagrin en me quittant : je vous protefte que cela aurait altéré le plaifir que je vais goûter , en établiffant ma fille.

DOMINIQUE *pere.*

Ah ! vous mariez Mademoifelle ? Bon , bon : bien fait .... bien fait.
(*Dominique fils paroit tout-à-coup furpris & agité.*)

M. DELOMER.

Oui , je la marie : vous pouvez tous deux en faire part à qui bon vous femblera ; je vous le déclare, c'eft une affaire décidée , je l'accorde à Monfieur Jullefort : c'eft un parti fortable.

DOMINIQUE *pere.*

L'aimable enfant ! Je l'ai vu haute comme cela ; & toute petite elle me faifait toujours trois ou quatre jolies révérences quand j'entrais , quoique j'euffe mon bonnet de laine au moins !

M. DELOMER, *à Dominique fils.*

Dominique , j'attendrai de votre amitié un grand nombre de petits fervices : car on ne finit pas avec tous ces arrangemens de noces. Je n'ai jamais marié de fille, cela va faire de l'embarras, il faudra veiller à bien des chofes ; je veux que vous repréfentiez comme un parent & que vous en faffiez l'office.

DOMINIQUE *pere.*

Mon fils, voilà ce qui s'appelle des marques d'une estime distinguée.

DOMINIQUE *fils.*

Je ne crois pas pouvoir en profiter, mon pere… vous disiez vrai tout-à-l'heure, vous aviez raison… vous voyez bien mieux que .moi … votre expérience … j'ai réfléchi … il faut que je quitte Paris.. tout le veut (*à M. Delomer.*) Monfieur, c'eft à regret, mais je ne puis refter ; je le fens à préfent, je ne puis refter.

M. DELOMER.

Après ce que vous venez de nous dire, Dominique, je ne vous conçois pas.

DOMINIQUE *pere.*

Quel raifonnement creux as-tu donc fait à part toi dans ta cervelle, eft-ce que tu extravagues ? Tu ne voulais pas partir, il y a un moment, & puis tu veux partir.

M. DELOMER.

Comment concilier deux façons de penfer auffi différentes ?

DOMINIQUE *fils, avec une certaine véhémence.*

Je partirai, je le dois, il le faut, j'ai mes raifons. Mes raifons font bien légitimes … il m'en coûtera de vous quitter, Monsieur : mais cela importe, cela importe à mon repos, à mon bonheur.

(Il s'éloigne dans un coin du Théâtre & paroît accable.)

DOMINIQUE *pere, inquiet sur l'état de son fils.*

Que me direz-vous de cela ; Monsieur Delomer? je n'y entends rien moi... il veut... il ne veut pas... sa tête!... Je ne le reconnais plus...

M. DELOMER.

Tout ce que je vois, c'est qu'il a quelque chagrin secret que je ne puis deviner, il l'épanchera plus librement dans votre sein. Vous êtes un bon pere, son bonheur vous est cher, il m'est cher aussi. S'il compte, après tout, le trouver dans un autre pays, il faudra bien y consentir : il m'en coûtera ; mais son bonheur avant tout.... je vous laisse ensemble.

SCENE

SCENE VII.

DOMINIQUE *pere*, DOMINIQUE *fils*.

DOMINIQUE *pere*.

HÉ bien, Dominique, qu'y a-t-il?... Vous vous éloignez de moi, & vous pleurez fans me rien dire.

DOMINIQUE *fils, en s'effuyant les yeux.*

Oh! pour cela non, mon pere.

DOMINIQUE *pere, le contrefaifant.*

Oh! pour cela non, mon pere!... Tu n'as point de chagrin non plus!... tu n'as rien à me confier!... tu ne pleures pas en liberté avec moi!

DOMINIQUE *fils.*

Mon pere! de grace, n'exigez aucun aveu .... fouffrez feulement que j'abandonne dès aujourd'hui cette maifon : plus j'en ferai loin, & moins je fouf-frirai peut-être.

DOMINIQUE *pere, avec tendreffe.*

Et c'eft à moi que tu dis de ne te rien demander; à moi que tu déguifes quelque chofe!... as-tu oublié comme nous fommes enfemble; as-tu un autre con-fident, un autre ami plus ancien, plus tendre, plus indulgent? dis-le moi, & je lui cede la place .... Mon fils, mon ami, parle, parle .... va, je fuis peut être le feul encore qui puiffe changer ta def-tinée.   C

DOMINIQUE *fils, vivement,*

Je n'oferai jamais .... mais d'où vient que je n'oferai pas ... fuis-je donc criminel ?... non, non ; ah ! mon pere, mon pere ! pourquoi n'êtes-vous pas dans un état plus relevé.... Avec tant de vertus, vous méritiez d'être toutautre que ce que vous êtes.

DOMINIQUE *pere.*

En voici bien d'une autre !.. & qu'eft-ce que cela te fait, fi je fuis content, heureux, fatisfait ?.. mais parle-moi avec franchife ; rougirais-tu dans le monde d'avoir un pere Vinaigrier ? Aurais-tu conçu ce pitoyable orgueil ? C'eft une maladie commune à beaucoup d'enfants que leur peré a faits un peu plus qu'eux, & nous raifonnerions enfemble pour tâcher de la guérir ; car l'homme eft fi fujet à fe laiffer prendre à des fantômes !.. Va, j'ai prévu dès ton enfance que cette idée-là pourrait te faifir un jour ; j'y ai pourvu, & je n'en ai point pris d'alarmes.

DOMINIQUE *fils.*

Mon pere ! je vous refpecte, je vous chéris, je n'ai jamais rougi un feul inftant de vous avouer aux yeux de tout le monde. Il me ferait permis de choifir, que je ne choifirais pas un autre pere que vous, je vous préférerais au plus riche, au plus illuftre Citoyen de cette ville ; mais le préjugé fait que tout le monde ne penfe pas comme moi, & je fuis malheureux, peut-être à jamais, par cette feule çaufe.

DOMINIQUE *pere.*

Ah çà ! me parleras-tu clairement.... Voyons ;
eſt-ce de l'argent qui te manque ? (*Fouillant dans ſa*
poche.) J'ai là quelque choſe en réserve ... prends,
prends....

DOMINIQUE *fils , l'arrêtant.*

Depuis longtems vous ſavez que mes appointe-
mens me ſuffiſent ; vous avez aſſez fait pour moi ,
& plus .... je voudrais même .... que dis-je ? j'eſpere
bien avant peu , ſi je proſpere....

DOMINIQUE *pere.*

Je connais tes ſentimens , tu n'as pas beſoin de
les exprimer .... ton cœur, mon fils , eſt-il autre que
le mien ?

DOMINIQUE *fils , lui baiſant les mains.*

Mon bonheur ſera de vous chérir ; il faut qu'il
me tienne lieu de tout autre. Eh bien ! je me con-
ſolerai avec lui .... vous venez de l'entendre ; Monſieur Delomer donne ſa fille à Monſieur Jullefort ;
cet homme , parce qu'il eſt riche , va obtenir ſa
main.

DOMINIQUE *pere.*

Serais-tu jaloux de cet homme ?

DOMINIQUE *fils.*

Oh ! oui , très-jaloux , non de ſes richeſſes , mais
de ſon bonheur.

DOMINIQUE *pere.*

Eſt-ce elle que tu deſires, ou un établiſſement ?.. prends garde de t'y tromper.

DOMINIQUE *fils.*

Que n'eſt-elle auſſi pauvre que je le ſuis, j'unirais mon ſort au ſien.... Vous m'avez toujours dit que, pour être heureux, il ne fallait s'attacher qu'à la perſonne ſeule.

DOMINIQUE *pere.*

Mais pour s'attacher à une perſonne, il faut en être aimé, & ſans doute que celui qu'elle conſent à épouſer lui plaît plus que toi : ainſi mon pauvre ami, il n'y a rien à faire à cela.

DOMINIQUE *fils.*

Ah ! ſi elle ſe donnait à celui qu'elle ſait l'aimer le plus, je ſuis bien ſûr que perſonne ne l'emporterait ſur moi.

DOMINIQUE *pere.*

C'eſt à-dire que, ſi on recevait tes vœux, tu n'héſiterais pas à la prendre pour femme ?

DOMINIQUE *fils.*

Hélas ! que ce bonheur eſt loin de moi.... c'en eſt fait ; non, je n'en aimerai jamais une autre, & cependant elle ne m'appartiendra pas.

DOMINIQUE *pere., aprés un moment de réflexion.*

Que ſait-on ?... mais, dis-moi ; comment cet amour a-t-il pris naiſſance dans ton cœur ?

DOMINIQUE *fils.*

Mon pere ! je l'ai vu dans les premiers tems sans
en être frappé ; nous avons conversé, nous avons
lu , chanté, joué ensemble., & je n'en étais pas
encore touché ; au contraire, j'en admirais d'autres
qui me femblaient bien plus belles : mais dans la
suite, j'ai cessé de les trouver si aimables , & plus
je conversais avec Mademoiselle Dulomer, plus je
me suis senti enchanté. Si vous saviez comme elle
pense, comme elle s'exprime , quelle noblesse de
sentiment, quelle sensibilité inépuisable pour les
malheureux, quelle honnéteté touchante regne dans
toutes ses actions , & le tout sans gêne , sans effort,
sans prétention ; elle a les graces de la modestie, &
la gaieté de l'innocence ; sa joie est pure & naïve
comme son cœur .... j'ai remarqué que jamais elle
ne dit de mal de personne , & je l'ai toujours vue
reprendre ses amies à la moindre médisance....

DOMINIQUE *pere.*

Joli caractere de femme !

DOMINIQUE *fils.*

Ah ! si vous saviez sur-tout comme elle aime son
pere !

DOMINIQUE *pere.*

Mais peux-tu me dire si elle se marie par obéis-
sance ou par inclination.

DOMINIQUE *fils.*

Par inclination ! oh ! non.... Monsieur Jullefort
est un fort galant-homme , mais....

DOMINIQUE *pere.*

Te préférerait-elle à lui , si tu étais aussi riche
que ce Monsieur Jullefort ; dis-moi ?

DOMINIQUE *fils , avec passion.*

J'ôse le penser .... je me flatte trop , peut-être ;
mais c'est la seule consolation qui me soit permise ;
je ne la perdrai point , tout infortuné que je suis ....
mais il va l'époufer ; fille soumise,elle n'osera désap-
prouver le choix d'un pere .... elle obéira , elle va
être malheureuse pour toujours , & moi aussi.

DOMINIQUE *pere , avec réflexion.*

Dominique , écoutez.

DOMINIQUE *fils.*

Mon pere !

DOMINIQUE *pere , lui prenant la main.*

Prends courage , mon ami .... espere....

DOMINIQUE *fils.*

Que dites-vous ?... Moi, espérer !

DOMINIQUE *pere.*

Mais , puisque ce mariage n'est pas conclu , il
est encore tems .... je parle à son pere aujourd'hui ,
& je la demande pour toi....

DOMINIQUE *fils , avec frayeur.*

Y penfez-vous ?... gardez-vous de m'exposer à

un refus : il prendrait pour un affront ….il recevrait avec un dedain outrageant …. j'en mourrais de douleur … fur quoi pouvez-vous efperer ? fortune , rang , préjugés , tout nous fépare. Dans ce fiècle de cupidité , qu'importe que l'amour uniffe deux cœurs ?

DOMINIQUE *pere.*

Refte ici , te dis-je…. Va, mon ami ; la journée ne fe paffera pas que je ne revienne te retrouver ici , & peut-être avec de bonnes nouvelles.

DOMINIQUE *fils.*

Je me repens de vous avoir parlé …. laiffez-moi plutôt fuir loin d'elle ; que fert de m'amufer d'un inutile efpoir ? Je ne fouffre déjà que trop , fans m'expofer en bute aux traits du mépris ; le riche eft fuperbe …. il eft au-deffus de votre pouvoir de me procurer un bonheur que le fort éloigne de moi.

DOMINIQUE *pere.*

Tais-toi , & laiffe-moi agir…. Tu as beau faire l'étonné ; je veux que tu reftes dans cette maifon , & que tu n'en fortes point.

DOMINIQUE *fils.*

Ah , mon pere ! ceci devient au-deffus de mes forces.

DOMINIQUE *pere.*

Ah çà ! il eſt de ton devoir de m'écouter, & de m'obéir, quand je parle .. entends-tu ?...

(Il s'en va à pas lents ; le fils le ſuit de loin, la tête baiſſée. Le pere revient ſur ſes pas , & prenant la main de ſon fils , il lui dit d'un ton attendri & ferme :)

Tu l'auras , Dominique , tu l'auras.

(Le pere ſort.)

DOMINIQUE *fils, ſeul.*

Ce bon pere ! comme il ſe livre aux illuſions que lui inſpire la tendreſſe !... Ah ! je n'ai pas même l'eſ-poir qui accompagne quelquefois l'infortune.

Fin du premier Acte.

ACTE II.

SCENE PREMIERE.

DOMINIQUE *fils arrive d'un pas lent & rêveur.*

TU l'auras, tu l'auras.... Ces mots (& je ne fais pourquoi) reviennent frapper fans cesse mon oreille. C'est en vain qu'il aura voulu distraire la douleur qui me confume..... Ah ! trop cher objet ! jamais, non, jamais tu ne fortiras de ce cœur ; ton image y est gravée pour la vie, en dépit du fort injuste qui nous fépare.... C'est à préfent que j'éprouve combien je t'idolâtre...: Moins j'ai d'efpoir, & plus je t'aime.... Qu'il m'est cruel de te voir deftinée à un autre ! Un autre fera t-il ton bonheur comme je l'euffe fait ?. Un autre faura t-il t'aimer comme moi ? ... Il me faudra donc dévorer mes tourmens !... Tout dans cette maifon me devient infuportable.... Elle-même augmente mon supplice. Je n'ôse plus la regarder.... Le seul son de sa voix me porte au désespoir ; & plus je la fuis, plus il semble que le sort la ramène sur mes pas ...La voici... Resterai-je.... Non.

SCENE II.

Mademoiselle DELOMER; DOMINIQUE *fils.*

(Dominique fils la salue & se retire lentement.)

Mademoiselle DELOMER, *comme il est
à la porte, d'un ton triste.*

VOus vous en allez, Monsieur !

DOMINIQUE *fils, revenant.*

Non , Mademoiselle.

Mademoiselle DELOMER.

Vous sortiez, cependant... Que rien ne vous retienne.

DOMINIQUE *fils.*

J'allais....

Mademoiselle DELOMER.

Hé bien ! vous alliez ?

DOMINIQUE *fils.*

Mais je n'allais nulle part. (*Il soupire.*)

Mademoiselle DELOMER.

Vous avez pris un air bien triste aujourd'hui.

DOMINIQUE *fils.*

Il est vrai que je devrais ... A propos, Mademoiselle, j'oubliais de vous faire mon compliment.

Mademoiselle DELOMER.

Sur quoi, s'il vous plaît ?

DOMINIQUE *fils.*

Monsieur Jullefort.... C'est une chose décidée.

Mademoiselle DELOMER.

Vous êtes ironique !

DOMINIQUE *fils,* avec passion & douleur.

Je ne suis que malheureux.

Mademoiselle DELOMER.

Laissez-moi... Je fais mal de rester avec vous ; nous nous trahissons tous deux : vous m'êtes un objet de tourmens, encore plus que Monsieur Jullefort.

DOMINIQUE *fils.*

Moi, je pourrais vous causer la moindre peine !.. Ah ! Mademoiselle, qu'exigez-vous de plus ?.. N'ai-je pas renfermé, jusqu'ici, & sous le plus sévère silence, le plus vif sentiment ; sentiment trop ambitieux sans doute ; mais du moins j'ai sçu le taire.

Mademoiselle DELOMER.

Je le fais.

DOMINIQUE *fils*.

Aucun efpoir ne faurait m'être permis; & c'eft cette perfuation cruelle qui va m'éloigner d'une Ville où je ne peux plus vivre.

Mademoifelle DELOMER.

Croyez que je fouffre en vous voyant; & que je fouffrirai encore plus, en ceffant de vous voir.

DOMINIQUE *fils*.

Si vous avez quelque compaffion pour moi, elle ne peut être que ftérile. Ne bornez pas du moins votre pitié; donnez lui un libre cours; j'en ai befoin : apprenez que, malgré la barrière qui s'élève entre nous, il n'y a qu'un bonheur fans réferve qui puiffe me toucher.

Mademoifelle DELOMER.

Et comment réfifter à mon pere? j'ai voulu dire quelques mots, il ne m'a point écoutée; il a fait parler fon autorité, & je me fuis trouvée fans voix pour lui répondre : Monfieur Jullefort, recommandé de toute part, a gagné fa confiance : il vous la devrait plutôt; mais (vous le favez) c'eft la fortune qui fait les mariages: auffi, combien en compte-t-on d'heureux !

DOMINIQUE *fils*.

Oui, la fortune m'a maltraité; & c'eft ce qui m'a empêché, jufqu'à préfent, d'ofer lire dans vos regards.

Mademoifelle D E L O M E R.

Monfieur Jullefort me regarde avec beaucoup d'affurance.

D O M I N I Q U E *fils.*

Je fuis bien loin de tant de hardieffe.

Mademoifelle D E L O M E R.

Je l'ai toujours traité avec la plus grande froideur, & je ne conçois pas comment il y a des hommes qui veulent nous avoir ainfi malgré nous.

D O M I N I Q U E *fils, vivement.*

Il ne poffede pas ençore votre main ; & fi vous réfiftez ici avec courage...

Mademoifelle D E L O M E R.

Quel courage voulez-vous que j'aie?.. Eft-ce à mon âge que l'on réfifte ? Je crains qu'il ne foit plus tems : mon pere, vous dis-je, a pris des engagemens.

D O M I N I Q U E *fils.*

Et vous les ratifierez ?

Mademoifelle D E L O M E R, *avec douleur.*

Pourrai-je élever la voix, quand un pere commande ? Vous ne favez pas tout le pouvoir qu'un pere a fur nous . . . Je l'aime, je crains de l'offenfer ; & plus je le chéris, plus je tremble de lui réfifter.

D O M I N I Q U E *fils.*

Ah ! fi j'étais à votre place, je faurais être plus ferme.

Mademoiſelle DELOMER, *avec étonnement.*

Vous me conſeilleriez de déſobéir à mon pere !.. Il ne faut pas que l'intérêt de votre amour vous faſſe ainſi parler contre mon devoir.

DOMINIQUE *fils.*

L'intérêt de mon amour ! tout cher qu'il m'eſt, j'y renoncerais pour aſſurer votre repos... C'eſt le vôtre qui m'anime... Eſt-ce à moi d'eſpérer le conſentement de votre pere; moi qui n'ai rien, moi fils ... L'orgueil a établi des diſtances inhumaines, qui font aujourd'hui mon déſeſpoir..., Je crains ſeulement que vous ne ſoyez malheureuſe... Vivez avec tout autre, pourvu qu'il vous ſoit cher.... Irez-vous contracter des liens cruels, qui vous feront ſentir le poids du malheur, chaque jour de votre vie? Soyez à tout autre, & vivez fortunée; je fais de mon côté ce que je dois faire : c'eſt en quittant ma patrie; c'eſt en allant gémir loin de vous, que je vous prouverai que l'amour qui me conſume eſt pur & déſintéreſſé.

Mademoiſelle DELOMER, *d'un ton pénétré.*

Que ne ſuis-je ſi pauvre, que perſonne ne voulût de moi !

DOMINIQUE *fils.*

Ah ! ſi j'étais riche ! j'irais m'offrir ... Ou, que n'êtes-vous ſans dot, vétue en ſiamoiſe, vous auriez les mêmes charmes, & je ſerais plus près du bonheur : on ne foupçonnerait pas alors que je fuſſe tenté de votre fortune.

Mademoiſelle DELOMER.

Mais au-lieu de quitter la maiſon, ſi vous reſtiez... Je... Vous tenteriez... Vous pourriez même... Mais non, il n'y conſentira point; je m'abuſe; il n'y conſentira jamais.

DOMINIQUE *fils*.

Et c'eſt-là ce qui m'accable... Je ne puis aſpirer, même en idée, à me mettre ſur les rangs. J'offenſerais votre pere ; j'aurais peut-être la phyſionomie d'un ſéducteur .... les préjugés qui règnent ... Allons, je ſuis perdu, tandis qu'un autre, parce qu'il poſſede de l'or, aura l'audace de vous conquérir... Ah! quelle diſtance il y a entre poſſéder le cœur d'une perſonne, ou ſa main.

Mademoiſelle DELOMER.

Je vais l'accabler de froideur...Mais cet homme-là ne ſent rien. S'il perſiſte à me vouloir, ſeule & ſous les yeux d'un pere, lui ayant toujours obéi, reſpectant ſes volontés, je ferais donc ...

DOMINIQUE *fils, avec une voix étouffée.*

Ciel!.. le ferment de l'aimer.

Mademoiſelle DELOMER, *avec attendriſſement.*

Et dans le même inſtant, ô Dieu! celui de ne plus penſer à vous de toute ma vie...Ah!

DOMINIQUE *fils, avec vivacité.*

Pourrai-je me dire à moi-même, que vous y auriez songé quelquefois ?

Mademoiselle DELOMER.

Vous avez trop lu dans mon cœur, & je vous ai trop entendu... C'eſt pour la premiere fois que nos cœurs s'expriment ainſi ; ils ne jouiront pas long-tems de ce plaiſir. La loi, les préjugés, tout eſt contre nous.

DOMINIQUE *fils.*

Ah ! je puis tout hazarder : je deviendrai témé-raire ; j'irai me jetter à ſes pieds. Embraſſez-les de votre côté...

Mademoiselle DELOMER.

Le voici..., je tremble qu'il ne nous ait en-tendus.

SCENE

SCENE III.

M. DELOMER , Mlle. DELOMER DOMINIQUE *fils*.

M. DELOMER, *arrivant avec précipita=*
tion & d'un air égaré.

DOMINIQUE ! je vous cherchais ; & vous, ma
fille.... Ah, Dieu !.. J'ai de terribles chofes à
vous appendre.

DOMINIQUE *fils*, *avec inquiétude*.

Monfieur, qu'y a t-il ?

Mademoifelle DELOMER, *tremblante*.

Comme votre vifage eft altéré , mon pere !
qu'avez-vous ?

M. DELOMER

Je fuis au défefpoir.

DOMINIQUE *fils*.

Vous ! Ah ! parlez.

Mademoifelle DELOMER.

Mon pere !

M. DELOMER, *tombant dans un fauteuil*.

Un moment ; laiffez-moi refpirer...Ma fille, tu
vas fremir... Mon malheur ; il m'eft plus cruel :
il devient le tien... Ton pere, hélas ! n'a travaillé

D

toute sa vie, que pour se voir en un seul jour
tout-à-coup ruiné.

Mademoiselle DELOMER.

Ruiné, vous !

DOMINIQUE *fils*.

Comment se peut-il ?

M. DELOMER, *à Dominique*.

Vous méritiez ma confiance, jeune-homme ; j'a-
voue même que j'aurais bien fait d'écouter de
certains avis que vous m'avez donnés ; je m'en
repens aujourd'hui ; mais il n'est plus tems… Mon
cher Dominique, vous avez toujours tremblé de
voir la quantité de fonds que j'avançais aux deux
Associés de Hambourg…

DOMINIQUE *fils*.

Ils auraient manqué !

M. DELOMER.

Je viens d'en être frappé comme d'un coup de
foudre : depuis vingt ans que je négocie avec eux,
ma confiance était devenue sans bornes ; je re-
nonçais à toute autre correspondance, pour me
livrer entierement à leurs demandes. Je viens de
répondre encore pour eux dans une entreprise
considérable, où cette même confiance m'a aveu-
glé. C'était la derniere opération que je voulais
faire de ma vie. Que ne suis-je mort avant d'en
avoir conçu l'idée.

Mademoiselle DELOMER.

Ah! mon pere, mon pere, ne vous livrez point
à l'abbattement; voici le jour du courage... Mais
quoi! tout ferait-il perdu?

M. DELOMER.

On m'écrit que leur faillite eft fans reffource,
& c'eft dans le moment que j'attendais la plus forte
rentrée de mes fonds, que cet accident - là m'é-
crafe. Le paiement de l'année, celui de la maifon, ta dot, ton fort, le mien, tout repofait fur
eux; tout eft précipité dans l'abîme.

DOMINIQUE *fils*, *vivement*.

Je fuis à vous, Monfieur; faut-il courir, prendre la pofte, aller en perfonne ftipuler vos intérêts, tandis que vous prendrez ici les arrangemens
les plus convenables? Je pars; je ne reviendrai
qu'après avoir appaifé l'orage.

(*Pendant cette fcène, Mademoifelle Delomer
demeure le vifage caché, & s'appuyant fur
un fauteuil.*)

M. DELOMER.

Il faut attendre; il paraît que c'eft le contre-
coup que je reçois : ils n'ont manqué, fans doute,
que parce que l'orage vient de plus loin. Quel parti
prendre pour effectuer mes paiemens? Ils fe mon-
tent très-haut, & c'était les fonds que je devais
recevoir de Hambourg, qui étaient deftinés à l'ac-

quit de ces créances : il faut emprunter & ufer de mon crédit. On m'offrait dernierement encore des fonds affez confidérables ; en attendant que cette opération fe réalife , allez toujours efcompter les effets que je vais vous donner. Il nous faut profiter des momens où l'on ne fait rien encore. Nous paierons ces deux jours-ci, mais pas plus... Vous m'entendez bien ?

DOMINIQUE fils.

Ah ! Monfieur, quelle affreufe extrémité !

M. DELOMER.

J'y fuis réduit ; je fuis l'exemple que l'on me donne ; c'eft un malheur que l'on me force à rejetter fur d'autres ; je ferai perdre , parce que je perds.

DOMINIQUE fils.

Vous pourriez vous réfoudre à ... (Retenue expreffive.)

M. DELOMER.

Autrement je fuis ruiné ; il n'y a pas d'autre parti. Irai-je fupporter feul tout ce fardeau pour en être opprimé ?

DOMINIQUE fils.

Me permettez-vous de parler comme je penfe ?

M. DELOMER.

Il le faut ; ces momens font trop de conféquence pour me rien déguifer.

DOMINIQUE fils.

Vous ne vous en offenferez pas , Monfieur : mais il n'y a que l'infortune qui puiffe vous inf-

pirer un tel deffein : il répugne à vos propres principes. De malheureux que vous êtes, deviendriez-
vous coupable? Emprunter fans reffources pour
rendre! Ah! fouvenez-vous de ce que vous m'avez
dit cent fois : aucun prétexte ne peut faire manquer
aux engagemens que l'on a pris : la confiance que
l'on nous a donnée ne faurait être trompée....
Après tout, Monfieur, il vous faudra toujours,
dans peu, en venir à la feule opération qui eft à
faire ; vous ne pouvez vous le diffimuler.

M. DELOMER.

Quoi! vous me confeillez de faire un abandon
à mes créanciers, de me dépouiller de tout? Je
veux fauver affez pour conferver l'état que j'ai
acquis. Après tant de travaux, toute la fortune
d'une maifon dépendrait du caprice du fort, &
j'aiderais de mes mains à la renverfer! & que deviendrait l'établiffement de ma fille? Moi qui avais
jieu de prétendre....

Mademoifelle DELOMER.

Ne fongez point à moi, mon pere; ne confultez
que votre cœur; ne voyez que la paix, le repos
de vous-même.

DOMINIQUE fils.

Ah, Monfieur! chaffez loin de vous l'indigne
faibleffe que donne le premier affaut du malheur.

Ne rompez pas cette circulation, l'ame du commerce ; qu'il foit refpecté par vous-même au milieu des revers : l'équité & l'honneur furmontent
toutes les difficultés. Envifagez le tort que vous
allez faire ; vingt familles feront précipitées dans
l'indigence, & vous accuferont ; elles feront fans
reffources, & vous en avez encore. Daignez vous
ouvrir à moi : croyez-vous avoir affez pour parer
à tout, fi vous vouliez ne rien faire perdre.

M. DELOMER.

Oui ; mais, mon cher ami, il ne me refterait
abfolument rien ; il me faudrait tout vendre, mes
deux maifons, ma campagne, & peut-être jufqu'à
mon mobilier.

DOMINIQUE *fils.*

Mais auffi vous ne devriez plus rien à perfonne !

M. DELOMER.

Et que deviendrais-je après ? Vraiment je ferais
alors dans le monde une belle figure.

DOMINIQUE *fils.*

On eft toujours riche, quand on a tout payé.
Croyez que vous ferez cent fois plus heureux dans
l'état le plus médiocre, lorfque vous ne ferez ex-
pofé à aucun reproche : je vous connais, Monfieur ;
vous ne favez pas l'effet que ferait fur vous le regard d'un homme qui vous dirait : tu m'as trompé ;
vous n'y êtes point accoutumé : la premiere épreuve
ferait mortelle : oui, mortelle, j'en fuis fûr....

Vos biens font fuffifans, ou non, pour payer vos dettes : dans le dernier cas, pourquoi acquitter des créanciers anciens aux dépens des nouveaux? C'eft une action contraire à l'ordre des chofes ; c'eft une injuftice...

M. DELOMER.

Il faudrait donc que je m'avilisse?

DOMINIQUE *fils.*

On ne s'avilit pas pour être jufte.

M. DELOMER.

Que je tombaffe dans la derniere mifere. Et ma fille, ma fille!.. Eh! que deviendrait l'efpoir de ma vie !

Mademoifelle DELOMER.

Mon pere, en ce moment oubliez-moi...

M. DELOMER.

Tu approuverais que je te dépouillaffe de tout?

Mademoifelle DELOMER.

Oui, plutôt que de voir votre front rougir une feule fois.

DOMINIQUE *fils.*

Monfieur, je me dévoue pour toujours à votre fervice ; votre infortune vous rend encore plus refpectable à mes yeux ; vous m'avez donné votre confiance, daignez me l'accorder fans réferve ; vous êtes trop troublé pour agir par vous - même dans cette révolution malheureuse. Je vais, fans perdre de tems, travailler à faire l'état le plus exact de vos biens & de vos dettes. Certainement vos créanciers, convaincus de votre bonne foi, feront touchés de votre fituation & vous faciliteront les moyens de continuer votre commerce. Vous conferverez votre crédit, le crédit qui vous rouvrira de nouvelles fources de richeffes; repofez-vous fur moi; à chaque heure je vous rendrai compte de toutes mes opérations. (*Dans un mouvement éner-* *gique.*) Oui, nous ferons honneur à tout : dites, n'eft-il pas vrai, nous ferons honneur à tout ?

M. DELOMER.

Vous me touchez infiniment, jeune-homme; vous êtes bien eftimable; & jamais je ne vous ai mieux connu que dans ce moment : je vous devrai ma vertu; oui, je m'en rapporte à vous...Agiffez de maniere que qui que ce foit n'ait à me reprocher la moindre fraude, foit dans l'exécution, ni même dans l'intention... Il me refte encore une lueur d'efpérance; Monfieur Juliefort mon gendre eft riche, il aime ma fille; il m'aidera fûrement. Plus ou moins d'argent, pour le moment, lui fera à peu près égal... Le croire uniquement touché de la dot, ce ferait lui faire injure; il ne mérite pas qu'on lui faffe cet outrage.

DOMINIQUE *fils.*

Il peut fe rendre doublement heureux, & goûter un nouveau bonheur, en vous offrant l'appui de fa fortune.,.. Que d'avantages pour lui !

M. DELOMER.

Je le crois bon ami ; & nous allons l'admettre à notre confidence ; le titre qu'il va porter l'engagera à prendre nos intérêts. Cet aveu, je l'avoue, va me coûter à lui faire : il faut que je lui dife que je fuis forcé d'employer la plus grande partie de la dot au paiement de mes créanciers .... Mais il ne perdra rien par la fuite...

Mademoifelle DELOMER.

Hé bien ! fouffrez que je vous épargne cet aveu; il l'entendra de ma bouche; il le recevra d'une maniere différente... Permettez que j'aye un entretien avec lui... Nous ne douterons plus alors de fa réponfe.

M. DELOMER.

J'y confens : tout-à-l'heure en rentrant, je l'ai apperçu, qui venait après moi; j'étais trop troublé pour lui parler ; je vous cherchais ; j'ai recommandé qu'on le fît attendre ... Je vais te l'envoyer. (*A Dominique.*) Allons , mon cher Dominique, je vais remettre tous mes papiers entre vos mains ;

ma tête n'eſt pas à moi; agiſſez à votre gré ; je
vous confie mes intérêts & mon honneur : j'approu-
verai tout ce que vous ferez : ſans vous j'allais
faire une démarche qui né s'accordait pas avec ce
que je dois à mon nom.... C'eſt vous qui m'avez
ſauvé du précipice où j'allais tomber.

DOMINIQUE *fils.*

Je n'ai que du zèle à vous offrir; mais il eſt
extrême, il eſt pur, & il ne ſe démentira dans aucune circonſtance de ma vie.

(*Dominique ſuit M. Delomer, & Mademoi-*
ſelle Delomer lui jette un regard d'appro-
bation en ſe ſéparant.)

SCENE IV.

Mademoifelle DELOMER *foupire & dit après un court filence.*

Qu'il eft cruel d'étouffer des fentimens qui femblent auffi légitimes ! Avec quelle nobleffe il vient de parler ! Ah ! mon cœur approuvait tout ce qu'il difait. Son ame répond bien à la mienne... d'où vient donc que je prends fi peu de part à l'infortune qui nous accable ? Au moins, fi j'en crois ce preffentiment flatteur , je n'épouferai pas Jullefort... mais s'il ne voyaît que moi dans l'union projettée , s'il m'aimait affez pour fecourir mon pere, je devrais plus que jamais me facrifier pour lui ... cette idée m'alarme , m'épouvante ... je defire & je crains ... je fais quel eft mon devoir, mais je fais auffi quel eft mon cœur ... le voici , que je tremble de le trouver généreux ; mais hélas ! quel fouhait terrible !

SCENE V.

Mademoiselle DELOMER;
M. JULLEFORT.

M. JULLEFORT, *arrivant avec transport.*

MADEMOISELLE, ma chere Demoiselle ,
quelle félicité m'attend! quel bonheur pour moi!
J'ai vu le Notaire, il a dreſſé l'acte , tout réuſſit
felon mes vœux, & bientôt nous allons nous appel-
ler des plus tendres noms ... mais que vois-je encore ? ne foyez pas fi férieufe , en vérité je n'ai jamais été plus joyeux de ma vie ...

Mademoifelle DELOMER.

Cette joie ne fera peut-être pas d'une longue
durée , Monfieur ....

M. JULLEFORT.

Oh ! elle fera éternelle comme l'amour que je
reſſens ...

Mademoifelle DELOMER.

Écoutez-moi , Monfieur ; nous avons à parler
enfemble & j'attends de vous toute la fincérité ...

M. JULLEFORT.

Avez-vous jamais douté que je puſſe vous parler autrement ? (*A genoux.*) Eh bien ! croyez-en les

plus brûlantes protestations de mon cœur : je vous jure un amour que la mort même ne pourra éteindre, une flâme qui vivra jusques dans mon tombeau … non jamais personne ne m'a paru si adorable que vous : j'en jure par tout ce qu'il y a au monde de plus sacré.

Mademoiselle DELOMER.

Ah ! Monsieur, levez-vous , ce ne sont pas des sermens que je vous demande.

M. JULLEFORT.

Et comment voulez-vous donc que je vous fasse croire ?...

Mademoiselle DELOMER.

Je compte peu sur les sermens, & les vôtres dans ce moment , si vous voulez que je vous le dise , me paraissent vains & légers.

M. JULLEFORT.

Vains & légers ! Que dites-vous, Mademoiselle ? Ce ne sont pas ici des sermens en l'air comme ceux que font les amans : ce sont des sermens d'époux, appuyés d'un bon contrat & rien dans l'univers ne peut casser cela … oui, notre contrat est comme signé, puisque l'on n'attend plus que vous … Vous doutez de mon amour ! Ah , vous ne savez pas ce que je vous sacrifie ! Si je vous disais tous les partis que j'ai refusés ! Tenez ; on me proposait, encore il y a quinze jours , une riche héritiere orpheline & ayant deux oncles cacochymes! c’était un détail de biens qui ne finissait pas. Mais je n’ai pas voulu lire feulement; j’ai rendu froidement le tableau. On m’aurait offert un million.

Mademoiselle DELOMER.

, Mais, Monfieur, vous avez peut-être mal fait de refufer un auffi bon parti.

M. JULLEFORT.

Comment donc! mais vous m’offenfez cruellement...

Mademoiselle DELOMER.

Répondez-vous affez de vous-même pour affurer qu’en m’époufant ce n’eft pas le bien que vous regardez?

M. JULLEFORT.

Si vous étiez fans fortune, le bonheur de vous poffeder ferait encore le même à mes yeux.

Mademoiselle DELOMER.

Quoi! fi je n’avais rien, vous me rechercheriez avec le même empreffement? Vous me prendriez fans dot?.. confultez-vous bien.

M. JULLEFORT.

Quelle queftion! Je n’ai pas befoin de me confulter, je vous donnerais avec la même tendreffe une preuve de mon défintéreffement.

Mademoiselle DELOMER, *à part.*

Parlerait-il tout de bon? que je fuis malheureufe!.. Allons; c’eft pour mon pere.

M. Jullefort, *à part.*

Quelle eſt ſimple ! il faut s'y prêter.

Mademoiſelle Delomer.

Enfin Monſieur, en ſuppoſant que mon pere eſt tombé tout-à-coup & par un revers inattendu dans l'indigence, & qu'il ait beſoin de votre crédit & de vos ſoins pour le relever, vous iriez généreuſement juſqu'à vous employer pour lui ?

M. Jullefort.

Dans un cas pareil le bonheur de vous mériter ferait d'un prix bien au-deſſus de tout ce que je pourrais faire… mais dites-moi, Mademoiſelle, eſt-ce pour m'éprouver que vous me tenez ce langage, ou plutôt ferait-ce une ironie ? Mes biens ſont francs & quittes, je ne dois rien, je vous en avertis : ne craignez pas de livrer votre main à l'homme que vous avez rendu ſenſible, nous ferons une excellente maiſon … je n'ai point de mon côté de ces queſtions qui reſpirent la défiance…

Mademoiſelle Delomer, *l'interrompant.*

Ces queſtions ſont plus ſérieuſes que vous ne penſez, que vous ne pouvez croire. (*D'un ton pathétique & douloureux.*) Elles ſont fondées ſur des cauſes auſſi récentes que malheureuſes.

M. Jullefort, *paraiſſant extrémement inquiet.*

Qu'y a-t-il-donc Mademoiſelle, & que voulez-vous me dire ?

Mademoiſelle D E L O M E R.

Ce que je ſuis chargée de vous apprendre ; je vous ai préparé au dernier trait pour ne point vous accabler d'un ſeul mot.

M. J U L L E F O R T , *à part.*

Cela commence à me faire trembler . . . mais ſeroit-ce plutôt une feinte ?

Mademoiſelle D E L O M E R.

Ne vous êtes-vous point apperçu que mon pere était triſte , était changé & dans une ſituation qui annonçait un extrême embarras ?

M. J U L L E F O R T , *en pâliſſant.*

Effectivement . . . mais il eſt quelquefois comme cela . . . . eſt-ce qu'il y aurait une cauſe particuliere ?

Mademoiſelle D E L O M E R.

La plus terrible. Il vient de recevoir dans l'inſtant la nouvelle d'une faillite épouvantable.

M. J U L L E F O R T ,

Qui retombe ſur lui ?

Mademoiſelle D E L O M E R.

Sur lui principalement. Ce ſont les perſonnes ſur qui roulait depuis vingt ans tout ſon commerce , qui lui enlevent tout.

M. J U L L E F O R T , *à part.*

Je ſuis perdu . . . *(Haut.)* Et cela eſt conſidérable ?

Mademoiſelle D E L O M E R.

De tout notre bien , vous dis-je ; notre ruine eſt entiere.

M. JULLEFORT.

M. JULLEFORT, *en jettant un cri.*

Ah ! mon dieu, mon dieu ! que me dites-vous
là. (*Grand repos.*) Ce font de ces chofes qui n'arri-
vent qu'à moi. (*A part.*) Que je fuis malheureux !
(*Apres un intervalle, haut & vivemen:.*) Mademoifelle, il faut lui confeiller de cacher quelque tems
fa fituation, précipiter votre mariage, doubler votre
dot ; c'eft un moyen fûr pour fe referver une table
dans le naufrage. Le douaire des filles eft une chofe
qui paffe avant tous les créanciers, & qui leur donne
un pied de nez... en faifant le douaire très-con-
fidérable ...

Mademoifelle DELOMER.

Mon pere ne fuivra pas ce confeil, Monfieur :
il aurait pû vous laiffer ignorer fon infortune &
vous tromper : mais loin de lui ce vil artifice.

M. JULLEFORT, *à part.*

Ah ! je l'ai échappé belle. (*Haut & d'un ton en
colere.*) Mais comment s'eft-il auffi aventuré ?...il
a manqué de prudence. A fon âge faire des fotti-
fes, des extravagances de cette force ! Ah cela n'eft
pas pardonnable.

Mademoifelle DELOMER.

Il eft des commerces fujets à de pareilles revers,
& l'on n'y profpere qu'à force d'avancer des fonds ;
il était à la veille d'une rentrée confidérable.

E

M. JULLEFORT.

D'une rentrée confidérable ! Il faut les pendre ces coquins, ces miférables-là.

Mademoifelle DELOMER.

Ils ne font que malheureux comme nous.

M. JULLEFORT.

Point de grace , point de grace , en place de greve ces marauds-là .... La fortune m'eft bien cruelle ... mais je fuis furieux contre votre pere, il mérite les reproches les plus fanglans .. au-lieu de garder fon argent dans fon coffre.

Mademoifelle DELOMER.

Qui de nous fait lire dans l'avenir ?

M. JULLEFORT.

Máis, Mademoifelle , c'eft que c'eft une perte irréparable , vous ne fentez pas cela comme moi, vous étes d'un tranquille ! .. J'avais déja fait un fage emploi... voilà mes projets avortés. Je fuis fûr que vous ne favez feulement pas que vous n'avez prefque rien du côté de votre mere : ces deux maifons de campagne font des acquéts depuis fon décès. Il y a bien un petit douaire fur je ne fais quel terrein aux nouveaux Boulevards ; mais c'eft fi peu de chofe ! .. votre pere eft , en vérité ... il eft ... non , vous avez beau dire, je ne lui pardonnerai de ma vie.

Mademoifelle DELOMER, *d'un ton ferme.)*

Gardez-vous de rien dire, Monfieur, qui puiffe

le blesser ; c'est prendre aussi trop vivement mes intérêts. Mon pere ne vous fait aucun tort, je crois ; il travaille actuellement au tableau de ses dettes, & nous entrevoyons avec plaisir que nos biens suffiront pour payer.

M. JULLEFORT

Et votre dot, Mademoiselle, votre dot ?.. c'est plutôt pour vous que je parle, que pour moi ; il vous faut toujours une dot dans tous les cas possibles... mais je n'y songeais pas : vous avez, au moins, des oncles, tantes, plusieurs parens enfin dont les successions réunies pourraient former... & réparer...

Mademoiselle DELOMER.

Non, Monsieur, je n'ai personne, je n'attends rien de personne : mon pere était tout pour moi & ce n'est que sur lui que je répands des larmes.

M. JULLEFORT, *à part.*

Pas un seul héritage, quelle famille ! où allais-je me fourrer. (*Haut.*) Mademoiselle, je vous aime trop pour n'être pas touché de cet accident... cette maudite faillite... ne sentez-vous pas tout le malheur de deux personnes qui s'unissent pour la vie & dont l'une... mais comment ! vous êtes bien sûre qu'on ne remettrait pas à Monsieur votre pere une partie de ses fonds. Quatre-vingts pour cent par exemple... c'est l'usage.

Mademoiselle DELOMER.

Monsieur, il rejetterait un tel projet ; il ne

veut point de grace, il ne veut rien faire perdre
à perfonne.

M. JULLEFORT.

Tant-pis, Mademoifelle: tout cela dérange furieu-
fement, comme vous pouvez bien penfer... &, tenez, d'ailleurs je doute fort que vous m'aimiez gran-
dement .... je ne fais pas époufer une jeune perfonne auffi intéreffante que vous du confentement
feul de fon pere ... j'aurais fans ceffe à me reprocher de ne vous tenir que de fa main ..., je ne
veux point vous rendre malheureufe, vous le feriez
peut-être avec moi... le vrai parti en pareil cas
ferait ...

Mademoifelle DELOMER.

De vous retirer, Monfieur.

M. JULLEFORT.

Oui, oui, Mademoifelle, je vous obéis... je
vais... je vous falue.

SCENE VI.

Mademoifelle DELOMER.

LE voilà donc cet homme qui, à l'entendre, ne
defirait que moi... comme il s'eft ému à la nouvelle que je lui ai donnée!.. il femblait que c'était
fon bien qu'on emportait. Du moins ce malheur
a fervi à l'éloigner.... me voilà délivrée de cet

homme... j'en reffens une joie fecrette... mais l'état de mon pere me trouble & m'attendrit. Ce n'eft que pour lui que je regrette cette fortune qui affurait le repos de fes dernieres années ; pour moi il me femble qu'avec Dominique je pafferais ma vie dans la derniere médiocrité , fans jetter un feul foupir.... oui, dans ce moment je ferais heureufe fi mon pere ne fouffrait plus.

SCENE VII.

Mademoifelle DELOMER, DOMINIQUE *fils.*

DOMINIQUE *fils, traverfant le Théâtre & tenant un porte-feuille en main.*

DANS ces momens, Mademoifelle , je ne m'occupe qu'à parer les coups les plus violents de la tempête : il refte quelquefois des reffources inefpérées , & le temps amène toujours de finguliers changemens : peut-être que les affaires prendront un autre tour, ne défefpérez pas ; tout n'eft peut-être pas perdu & je vais chercher les moyens de remédier à ce qu'il y a de plus preffé... ce tems , hélas ! n'eft pas celui de vous parler de moi.

Mademoifelle DELOMER.

J'en veux moins à ce coup du fort , Dominique : il femble me rapprocher de vous ; nos deftinées du moins feront à-peu-près égales. Que cet argent qui fait tout me paroît vil, lorfque les fentimens du cœur fi chers, fi précieux, font fans valeur. J'ai entendu M. Jullefort.

DOMINIQUE *fils, avec inquiétude.*

Sa fortune va vous dédommager de celle que vous perdez ....

Mademoifelle DELOMER.

Vous vous trompéz (*En fouriant.*) il a pris la fuite en aprenant notre défaftre.

DOMINIQUE *fils, avec joie.*

Il eft heureux pour moi que cet homme n'ait jamais eu un cœur ni des yeux ... je n'ai plus ce rival ...

Mademoifelle DELOMER.

Apprenez que vous n'en avez jamais eu ... que vous n'en aurez jamais, que vous ne pouvez en avoir ... Dominique, vous méritez cet aveu ; qu'il vous enhardiffe à bien fervir mon pere.

DOMINIQUE *fils, lui baifant la main.*

Que dira la faible voix de la reconnoiffance, lorfque mon cœur palpite, & d'amour, & de furprife, & de joie ... adieu, je cours ... je vais ... comment pourrai-je affez vous mériter ?

(*Ils fe féparent en fe regardant avec tendreffe.*)

Fin du fecond Acte.

ACTE III.

*(Le Théâtre repréſente une eſpece de Salle par bas ;
Dominique pere en bonnet de laine & en veſte
rouge , conduit un petit baril ſur une Brouette de
Vinaigrier à une roue , laquelle eſt à bras. Il
entre ſur la ſcène en roulant ſa Brouette : un
Domeſtique veut s'y oppoſer.)*

SCENE PREMIERE.

DOMINIQUE pere , UN DOMESTIQUE.

LE DOMESTIQUE.

Quoi ! vous voulez abſolument, & malgré nous,
entrer dans cette Salle baſſe.

DOMINIQUE pere , roulant ſa Brouette
& tout eſſouflé.

Oui , je le veux : j'ai mes raiſons...rangez-vous...

LE DOMESTIQUE.

Qu'eſt-ce que cela veut dire ? on n'a jamais vu
pareille choſe ; & certainement vous êtes fou.

E 4

Dominique *pere, pofant fa Brouette.*

Je ne fuis point fou, je fais ce que je fais, & ce que je dois faire .... cela m'impatiente , à la fin ... attends que ton maître s'en plaigne. Quand mon fils te commande, as-tu coutume de faire tant de répliques ?

LE DOMESTIQUE.

Oh ! fi c'eft par fon ordre , à la bonne heure ; ma foi , on eft allé l'avertir de tout ceci.

DOMINIQUE *pere.*

Mon fils ? & pourquoi ? je n'ai que faire de lui. (*En frappant du pied.*) Voyez donc un peu ces gens-là. C'eft à Monfieur Delomer que je veux parler , non à d'autres.... Il faut que je lui parle tout préfentement....

LE DOMESTIQUE.

Il eft empêché pour des affaires de conféquence.

DOMINIQUE *pere.*

Il n'importe ; il faut abfolument que je lui parle tout-à-l'heure .... il y va de la mort d'un homme.

LE DOMESTIQUE.

Voilà Monfieur votre fils ; parlez-lui. (*En s'en allant.*) Le plaifant original !... Il a, par ma foi , la cervelle dérangée...

SCENE II.

DOMINIQUE *pere*, DOMINIQUE *fils*.

DOMINIQUE *fils*.

QUEST-CE donc, mon pere ? Qu'avez-vous donc ? Comme vous venez ici ! Eh mon Dieu ! que voulez-vous avec tout ce train-ci ?

DOMINIQUE *pere*.

Mon ami ; je viens faire la demande.

DOMINIQUE *fils*.

Vous choisissez bien votre tems, & encore mieux le lieu.

DOMINIQUE *pere*.

Va, va, Dominique ; ne te mets en peine de rien ; laisse-moi faire seulement .... tu verras, tu verras.

DOMINIQUE *fils*.

Quoi ! cet habit de travail, ce Baril, cette Brouette dans une Salle frottée !

DOMINIQUE *pere*, *le contrefaisant*.

Oui, dans un Salle frottée; voyez le grand mal !... Eh bien ! le frotteur recommencera .... ce Baril te fait pitié, te fait hausser les épaules ; va, va, mon garçon ; c'est un petit supplément à mes paroles, qui ne nuira pas, je pense : on réussit toujours bien dans quelque affaire que ce soit, quand on n'arrive pas les mains vuides. Allons ... allons... D'ailleurs, j'ai pour principe de ne jamais abandonner ma marchandise ; & cet accoûtrement qui t'offenfe, c'eft là mon habit d'honneur, entends-tu ? Je ne fuis jamais plus hardi que comme cela.

DOMINIQUE *fils.*

Vous avez réfolu de m'éprouver, mon pere ; mai j'ai peur que vous ne manquiez aux convenances reçues dans le monde.

DOMINIQUE *pere.*

Oh ! tu es amoureux ?... Je veux te guérir .... je veux te guérir abfolument .... je le veux.

DOMINIQUE *fils.*

Écoutez-moi, de grace ; Monfieur Delomer n'eft pas de bonne humeur aujourd'hui.

DOMINIQUE *pere.*

Oh ! fon humeur changera.

DOMINIQUE *fils.*

Ah ! vous ne favez pas....

DOMINIQUE *pere.*

Eh bien ! quoi ! qu'eft-ce que je ne fais pas ?

DOMINIQUE *fils.*

Qu'il ne m'eft peut-être pas tout-à-fait défendu d'efperer.

DOMINIQUE *pere.*

Ah ! bon : j'écoute cela .... tu ne m'as jamais menti ; tu t'es bien affuré d'avance que, s'il ne dépendait que de fon choix, Mademoifelle Delomer te préfereroit à celui qu'on lui deſtine .... prends garde, au moins, prends garde....

DOMINIQUE *fils.*

Oh !... oui, oui, mon pere.

DOMINIQUE *pere, ſe frottant les mains,*
& ſe promenant.

Tout eſt dit ; c'eſt-là le principal : allons, allons, mon garçon ; tout ira bien .... je te l'ai dit tantôt ; tu l'auras, ma foi, tu l'auras...

DOMINIQUE *fils, le ſuivant.*

Voyez dans quel danger vous me mettez en ex-poſant votre état auſſi publiquement ; vous faites ap-percevoir d'avantage la diſproportion qui ſe trouve entre vos fortunes : cela vous amuſe, vous ſemble jovial, plaiſant, ſingulier ; mais le monde rit ; il a ſes préjugés, le monde eſt cruel, il ne pardonne pas au ridicule.... N'avez-vous pas vu juſqu'à ce Domeſti-que lever les épaules en s'en allant .... je l'ai bien apperçu, moi.

DOMINIQUE *pere.*

Après ; qu'y a-t-il donc de ſi étonnant ! un valet ricanne .... qu'eſt-ce que cela fait ?... Songe donc que l'homme doré, qui en a trente à ſa ſuite, n'en impoſe pas à ton pere. Qu'a-t-il de plus que moi, ſi ce n'eſt l'embarras de ne pouvoir s'en paſſer ?

DOMINIQUE *fils.*

Mais enfin, quel eſt votre projet, quand Mon-ſieur Delomer ſera venu ? Je ne vous reconnois plus ; que lui voulez-vous ?

DOMINIQUE *pere, toujours se promenant.*

Que tu deviennes son gendre.

DOMINIQUE *fils.*

Vous précipitez trop .... d'un mot vous m'allez perdre pour toujours.. Il me croira de moitié .... & dans quel tems venez-vous !

DOMINIQUE *pere.*

Parbleu ! fort à propos.

DOMINIQUE *fils , fait un geste pour emmener la Brouette.*

Mon pere, en grace ; je vais vous aider à ôter cela d'ici.

DOMINIQUE *pere, s'arrétant.*

Eh ! non, non, non ; je te défends d'y toucher ; il faut qu'elle reste là .... oui, là.

DOMINIQUE *fils.*

Sous la porte cochere seulement, ici à côté.

DOMINIQUE *pere, s'opposant tout-à-fait.*

Veux-tu bien laisser cela , te dis-je .... mais voyez l'orgueil !... renier ma Brouette !...

DOMINIQUE *fils.*

Il va venir.

DOMINIQUE *pere.*

C'est ce que je demande.

DOMINIQUE *fils.*

Que j'ai de regret de vous avoir parlé !

DOMINIQUE *pere.*

Tu as bien peu de confiance en ton pere ! t'es-tu

jamais repenti de l'avoir écouté ? (*Presque en colere.*)
Mais pour qui me prends-tu donc ?

D O M I N I Q U E *fils.*

Tout autre que moi croirait que vous n'êtes pas
sage en ce moment.

D O M I N I Q U E *pere.*

Nous verrons, nous verrons qui de nous deux
l'est le moins.

D O M I N I Q U E *fils.*

Et Monsieur Delomer ne va savoir que penser...
Je nierai tout , d'abord.

D O M I N I Q U E *pere , en chantonnant.*

Ah ! que de raisons !

D O M I N I Q U E *fils.*

Je l'apperçois : ne lui parlez de rien , je vous en
conjure; voyez comme il a l'air triste ! il n'est gueres
dans une situation à se prêter à vos plaisanteries.

SCÈNE III.

M. DÉLOMER, DOMINIQUE *pere*;
DOMINIQUE *fils*.

M. DELOMER.

C'EST donc vous qui voulez me parler , cher papa? Et qu'eſt-ce que vous me voulez donc avec tout cet attirail ?

DOMINIQUE *pere*.

Si vous m'avez eſtimé, Monſieur, je vous demande pour faveur une demie-heure d'audience : tout-à-l'heure je vous expliquerai les motifs de la liberté que j'ai priſe , & vous ne la déſapprouverez point.

DOMINIQUE *fils, à l'oreille de ſon pere.*

Parlez-lui de toute autre choſe.

M. DELOMER.

Dominique , j'aime à voir votre pere dans cet habit de travail. Il lui donne un air utile qui ne déplaît point à la vue ; ſon âge ſemble plus reſpectable , ſes travaux entretiennent la ſérénité de ſon ame .... voilà l'état de l'homme .... il eſt plus heureux , plus tranquille que moi. Oui , j'eſtime plus ce bonnet que ces têtes légères qui promenent partout le vuide de l'oiſiveté. Chacun dit : il n'eſt rien de tel , que d'avoir un métier en main , & chacun court après les emplois les plus incertains. De-là naissent les malheurs , les vices & les crimes. Aussi l'honnête-homme devient de jour en jour plus rare. On appelle la fraude au défaut du travail ; les uns se font hardis frippons , les autres deviennent des intrigans adroits. Je suis trompé doublement en un seul jour ; vous me voyez le cœur serré de tristesse & de douleur.

DOMINIQUE *fils* , *à voix basse.*

Auriez-vous reçu encore d'autres nouvelles ? Je passerai dans votre cabinet : mon pere ne vous veut rien d'assez pressé , & nous avons affaire.

M. DELOMER.

Je ne dois pas me méfier de votre pere. Est-ce que vous ne lui avez point fait part....

DOMINIQUE *fils.*

Moi, Monsieur ! divulguer vos secrets sans votre aveu !

M. DELOMER.

Je vous en estime davantage : vous auriez pu cependant les lui révéler sans m'offenser .... je puis parler devant lui du nouveau coup qui vient de me frapper ; il ne m'est pas moins cruel que l'autre. (*Élevant la voix.*)Hélas ! je vous ai annoncé ce matin le mariage de ma fille avec Monsieur Jullefort : j'avais cet établissement à cœur. Eh bien ! cet homme qui me semblait vraiment épris de sa perfonne , & defirer fincerement mon alliance ; cet homme eft un cœur intereffé, vil , une ame de boue , comme il y en a tant. (*A Dominique fils.*) Dominique ; il nous délaiffe ; il s'eft retiré avec une froideur infultante , & je viens de recevoir une lettre où il a la lâcheté de me faire des reproches.... Ah ! ce trait m'a percé le cœur.

DOMINIQUE *pere , riant.*

Vous ne vous ferez pas accordés fur la dot... Oh ! je devine cela.... Par ma foi , ces époufeurs - là font à la mode. Ils vous marchandent impitoyablement une fille à fon propre pere. Vous avez bien fait de tenir bon. Croyez que vous ne perdez rien ; car ces fortes de gens-là font toujours de mauvais maris. Pour moi, j'en ai un à vous propofer , qui certainement vaudra mieux que ce Monfieur Jullefort. (*A fon fils.*) Oh ! tu as beau me faire des mines .... je parlerai , je parlerai.

DOMINIQUE *fils, en s'en allant brufquement.*
Eft- il poffible !... Adieu , mon pere....

SCENE

SCENE IV.

M. DELOMER, DOMINIQUE pere.

DOMINIQUE pere, *s'approchant de l'oreille de M. Delomer.*

OUI, Monsieur ; c'est moi qui viens vous offrir un parti pour Mademoiselle ; m'entendez-vous ?... Cette chere enfant est si aimable, si bonne !...

M. DELOMER, *regardant Dominique pere.*

Vous, pere Dominique ! voilà qui est neuf. Qui peut, s'il vous plait, vous avoir chargé ? ...

DOMINIQUE pere.

Je parle au nom d'un jeune-homme dont la famille & les mœurs vous sont bien connues.

M. DELOMER.

Bon !

DOMINIQUE pere.

Oh ! pour ce jeune-homme-là, il aime la Demoiselle, il l'aime sincerement ; le respect est le fondement de cet amour, car il le rend timide & muet ; je parle ici pour lui, il la prendrait pauvre comme riche, j'en réponds : eh bien ! n'est-ce pas là de la tendresse ?

M. DELOMER.

Achevez, dites ; quel est-il, ce jeune-homme

F

DOMINIQUE *pere avec fermeté.*

C'eſt mon fils.

M. DELOMER.

Votre fils ?

DOMINIQUE *pere, hardiment.*

Oui , Monſieur , mon fils …

M. DELOMER.

Certes , je ne m'y attendais pas…comment ! lui
à qui je m'ouvre tout entier , il aurait pu former
de ſecrettes prétentions ! il vous aurait chargé !..

DOMINIQUE *pere.*

Il ne m'a chargé de rien. C'eſt moi qui veux cela…
Avez-vous pris garde comme il s'eſt enfui, quand il
a vu que je voulais vous parler?.. Loin d'avoir
nourri le moindre eſpoir , il ſéche ſecrettement de
chagrin , tantôt demandant à voyager & tantôt ne
le voulant plus : il eſt nuit & jour dans l'état le plus
tourmentant ; & moi je n'ai appris qu'aujourd'hui
le ſupplice de ce pauvre garçon : car vous m'auriez vu plutôt ; tenez, ſi ce matin je ne lui euſſe ſerré
le bouton , il ſe ferait laiſſé mourir de conſomption
ſans que nous ſçuſſions pourquoi.

M. DELOMER.

Vous me ſurprenez étonnamment , je n'aurais
jamais ſoupçonné ….

DOMINIQUE *pere.*

Je me ſuis dit , puiſqu'il l'aime ſi fort, il ne peut
que la rendre heureuſe & être heureux lui-même ;

vous connaiffez fon cœur, fon efprit, fes talens, il fuit le même état que le vôtre, il eft eftimable, vous l'eftimez, pourquoi n'aurait-il pas la préférence?

M. D E L O M E R.

Bon pere Dominique, y penfez-vous? Je vous pardonne.... vous êtes pere... mais.

D O M I N I Q U E *pere*.

Monfieur, il n'y a pas la moindre tache dans notre famille, nous allons tous la tête levée. Vous auriez tort de vous fcandalifer de ma demande : allez, fous cet habit groffier, je fais ce que c'eft que le monde, il eft des préjugés que l'on facrifie fans peine, pour peu que l'on raifonne. J'ai vu les grands, j'ai vu les petits ; ma foi, tout bien confidéré, tout eft de niveau. Ce qui en fait la différence ne vaut pas la peine d'être compté : mon fils a du favoir, de la figure, de l'honnèteté, des mœurs, de l'amour pour l'ordre & le travail, & qui fait jufqu'où ce garçon-là doit monter :.. c'eft un grain de moutarde qui peut lever bien haut.

M. D E L O M E R.

Vous avez raifon, & je ne fongeais pas qu'à commencer dès ce jour, je ne dois pas trouver un fi grand intervalle entre lui & moi : (*En foupirant.*) ah quel jour, quel jour !.. mais dites-moi la vérité, eft-ce de fon confentement que vous me déclarez fes fentimens, vous n'êtes pas fait pour vous avilir jufqu'au menfonge?

F 2

DOMINIQUE *pere.*

Il s'agirait de sa vie, que je ne mentirais pas :
vous ne connaiſſez donc point le pere Dominique !
la démarche que je fais n'eſt point de son aveu
Il eſt auſſi loin d'en attendre le ſuccès que je ſuis,
moi, plein de confiance.

M. DELOMER.

Vous pourriez cependant vous abuſer.

DOMINIQUE *pere, avec une certaine aſſurance.*
Non, Monſieur, je ne m'abuſe point.

M. DELOMER.

Mais vous êtes ſingulier !

DOMINIQUE *pere.*

Mais je ſuis vrai. Point de détours avec moi,
vous penſez peut-être que ce font de ces tendreſſes
de dot, comme en a Monſieur Jullefort.

M. DELOMER.

Ne prononcez pas le nom de cet homme-là, il
m'anime trop le ſang.

DOMINIQUE *pere.*

C'eſt ſeulement pour vous faire entendre que, ſi
j'euſſe ſoupçonné dans mon fils la moindre idée d'in-
térét, je ne m'en ferais pas mêlé. J'ai deſcendu
dans ſon cœur, je l'ai trouvé tout rempli de cette
flâme que vous & moi avons ſentie à ſon âge ; je
me ſouviens de mon jeune tems... l'objet en eſt digne,
& j'en ſuis d'une joie inexprimable. Dites deux mots
& voilà deux heureux, que dis-je ? en voilà quatre.

M. DELOMER.

Vous croyez donc que ma fille y confentiroit fans peine ? Vous l'aurait-il fait entrevoir ? Parlez : il faut que je fache tout.

DOMINIQUE pere.

Mais je crois, entre nous foit dit, que mon fils jeune, aimable, poli, affez bien tourné, doit lui revenir mieux que ce Monfieur Julie.... ah! pardonnez ; je ne l'ai pas nommé !

M. DELOMER.

Encore un mot.... votre fils vous a-t-il paru tout-à-l'heure avoir auffi fortement envie de l'époufer que lorfqu'il vous en a fait ce matin le premier aveu ?

DOMINIQUE pere.

Vous penferiez que du matin au foir mon fils feroit capable... mais je vous dirais...

M. DELOMER.

Dans de certaines circonftances il ne faut qu'une heure pour produire de grands changemens...je l'ai éprouvé.

DOMINIQUE pere.

J'aurais feulement voulu que vous l'euffiez écouté un inftant avant que d'entrer : la moindre de fes expreffions, quand il parle d'elle, vous aurait touché, & vous en aurait plus appris que tout ce que je pourrais vous dire.

M. Delomer.

Cela me fait beaucoup de peine.

Dominique *père.*

Beaucoup de peine !

M. Delomer.

Je ne puis lui donner mon confentement.

Dominique *père, fierement.*

Et pourquoi, s'il vous plaît ? La raifon ?.. à tout il y a une raifon.

M. Delomer.

Je vais vous la dire. Ne croyez pas que ce foit une fauffe idée de méfalliance qui me domine : quand il y en aurait une, fon mérite applaniroit cette difficulté : il eft vrai que je me fuis fenti choqué au premier mot, je vous l'avoue ; j'ai eu cette faibleffe : & c'en eft une des plus grandes ; car, en refléchiffant bien, je ne dois voir en vous que mon égal, votre état ne différe du mien que par un extérieur moins brillant : dans le fond & vu du côté réel, c'eft, du plus au moins, toujours vendre pour gagner.

Dominique *pere.*

Toujours vendre pour gagner, c'eft bien dit cela.

M. Delomer.

Votre fils eft un jeune homme qui fûrement d'ici à quelques années trouvera un excellent parti, pour peu qu'il fe répande dans le monde ; de mon côté je veux le recommander à ce qu'il y a de mieux.

DOMINIQUE *pere.*

Tenez , recommandez le feulement à Mademoifelle votre fille : voilà tout ce que nous vous de-
mandons.

M. DELOMER.

Ma fille n'eft plus à marier , dès demain elle en-
trera au Couvent ; l'avenir feul m'apprendra fi
elle doit un jour en fortir.

DOMINIQUE *perc.*

Vous auriez la cruauté de la mettre fous la grille ,
quand on vous dit qu'elle a un amant ! ... Savez-
vous bien que je ferais un homme à vous dire des
chofes dures ? n'êtes-vous pas fon pere , comme
je le fuis de mon fils ? & ce cœur , ce cœur qui
nous bat pour un enfant , ne le fentez-vous pas
treffaillir pour fon bonheur ?.. Cloîtrer une fi aimable fille , à fon âge! .. ah ! prenez garde...

M. DELOMER.

Vous ne favez point quelles font mes raifons :
la néceffité contraint la meilleure volonté. Puif-
qu'il faut vous le dire , je ne fuis pas affez riche
pour établir ma fille , je ne peux lui rien donner ,
rien ; c'eft la plus exacte vérité , & voilà la vraie
caufe de cette rupture dont je viens de vous faire
part ; vous vous étonnez , vous ouvrez de grands
yeux ; mais cela eft ainfi.

F 4

Dominique *pere, avec une joie concentrée.*

Vous n'avez rien à lui donner ! Bon, bon… tant-mieux, tant-mieux.

M. Delomer.

Une banqueroute, après vingt ans de travaux me remet au même point d'où je suis parti.

Dominique *pere.*

Bon, bon.

M. Delomer.

Je ne la refuserais pas à un homme assez riche par lui-même pour commencer une maison ; mais ne pouvant aider aucunement votre fils qui n'a rien, vous pensez bien qu'il est inutile d'y songer. Je ne souffrirai pas qu'il l'épouse pour vivre dans le malaise… non, non, jamais… il y a trop d'amertumes à boire dans cette gêne étroite ; & sans un peu d'abondance l'amour lui-même se détruit & fait place à la discorde.

Dominique *pere.*

C'est-à-dire que si mon fils étoit riche de combien seulement ? Voyons.

M. Delomer.

Oh ! s'il avait seulement dix-mille écus pour commencer… vous riez !

Dominique *pere.*

Oui, je ris, dix-mille écus ! Achevez.

M. Delomer.

Je le préférerais au plus riche négociant de Paris ; car, je ne vous le cèle pas, il m'est agréable

en tout point ; & fi je ne me trouvais réduit… mais
le commerce, mon cher Dominique, eft femblable à
une mer tantôt calme & tout à-coup orageufe. Les
mêmes vents qui font vôler votre vaiffeau, l’englou-
tiffent. J’ai fait naufrage fous un ciel qui paraiffait
ferein. C’eft à vous de faire entendre raifon à votre
fils ; il a l’efprit jufte , il fentira, de lui-même ,
combien le fort eft contraire à fes vœux.

D O M I N I Q U E *pere.*

Me donnez-vous votre parole que , s’il n’y avait
point d’autres obftacles ; votre fille ferait à lui?

M. D E L O M E R.

Oh ! de bon cœur… puiffe-t-il acquérir tout le
bien que je lui fouhaite ; mais, s’il faut vous le dire ,
pour un homme de probité cela devient plus difficile que jamais.

D O M I N I Q U E *pere, regardant fon baril.*

Allons, mon baril, allons, parle pour moi … Vil
argent ! c’eft donc à toi & non au mérite perfonnel
qu’il faut devoir le bonheur de mon fils ! J’ai bien
fait d’y penfer : (*Reprenant la main à M. Delomer.*)
touchez là , c’eft une affaire faite.

M. D E L O M E R.

Vous perdez l’efprit !

D O M I N I Q U E *pere.*

Voyez, voyez feulement ce qui eft là deffus ma
brouette.

M. DELOMER.

Eh bien , quelle folie !

DOMINIQUE *pere, le prend par la main, & le*
conduit au baril.

Ecoutez bien : là-dedans sont trois mille-sept-cent
soixante & dix huit louis d'or en rouleaux bien comp-
tés & six sacs de douze-cents livres : il n'y a rien
de plus ni de moins : voulez-vous voir ? j'en suis
le maître.

M. DELOMER.

Quel langage ! Vous m'étourdissez.

DOMINIQUE *pere.*

Rien n'est plus juste , il faut voir quand on doute.
(*Il tire un petit maillet de sa poche & défonce le baril ;*
il fait sonner des sacs & défait un rouleau.) Tenez,
voyez , palpez.

M. DELOMER , *jettant un cri.*

Est-il possible ? mais c'est de l'or.

DOMINIQUE *pere.*

C'est-là mon porte-feuille à moi ; il est sûr celui
là…point de fausse monnoie… tout en espèces
sonnantes.

M. DELOMER.

En vérité , je ne sais que dire : comment ! c'est à
vous? .. mais d'où vient tout cela ?

DOMINIQUE *pere.*

De m'être toujours levé de grand matin … voilà
quarante-cinq ans que je suis à-peu près vêtu comme

vous voyez, & depuis quarante-cinq ans le labeur de chaque Soleil a amené succeſſivement une petite portion de cette maſſe. Tandis que vous autres dépenſiez chaque jour, j'amaſſais chaque jour, j'économiſais ; depuis que je me connais, je me ſuis amuſé de la fantaiſie de me bâtir une groſſe ſomme, non par avarice au moins ; mais pour pouvoir aſſurer le bien-être de ma vieilleſſe & de ceux qui viendraient après moi. Je n'ai point connu les privations de la léſinerie. J'ai été frugal & laborieux, voilà tout mon ſecret : je ne puis dire moi-même comment cette maſſe s'eſt formée : mais, à force de ſuivre mon idée, j'ai eu toutes ſortes de petits avantages qui ſont venus accumuler mon petit tréſor. Jamais l'amour d'un plus grand gain ne m'a fait hazarder ce que la fortune m'avait une fois envoyé, j'ai bien tenu ce que je tenais ; & le diable, par conſéquent, n'a pu me l'emporter : il eſt vrai qu'enſuite l'ambition d'élever mon fils n'a pas laiſſé que de m'aiguillonner. A meſure qu'il grandiſſait, l'amour paternel a fait des miracles, ou plutôt Dieu a béni mon projet, puiſque, ſans cet argent, que j'ai lieu de chérir, mon fils, mon cher fils devenait malheureux.

M. Delomer.

Je ne puis en revenir : & votre deſſein eſt en m'apportant cette ſomme?...

DOMINIQUE *pere.*

De faire fon établiffement d'accord entre vous
trois ... ce n'eft plus là mon affaire ; tout eft à vous ,
partagez ... j'ai un marais de trois arpens au faux-
bourg Saint-Victor , joint à une petite maifonnette:
c'eft tout ce qu'il me faut pour ma fubfiftance &
mon plaifir , je ne veux rien de plus ...

M. DELOMER.

Quoi ! vous abandonneriez ?..

DOMINIQUE *pere.*

Faites-les venir , vous dis-je: voilà le plus grand
plaifir de ma vie. Demain je pourrais mourir & je
ferais privé de ce fpectacle délicieux ... (*Avec fen-*
timent.) Mon fils ! la jouiffance de ton héritage
ne fera point attriftée par mon deuil.

M. DELOMER.

Je fuis hors de moi ... la furprife , l'admira-
tion ... je n'ai pas la force de parler , la joie ...
je vais vous les faire venir.

SCENE V.

DOMINIQUE *pere, appuyé fur fon baril, & remettant les rouleaux & les facs.*

MÉTAL pernicieux ! tu as fait affez de mal dans le monde, fais y du bien une feule fois. Je t'ai enchaîné pour un moment d'éclat : voici le moment tant defiré ; fors, va fonder la paix & la fûreté d'une maifon où habiteront l'amour & la vertu. J'irai quelquefois me réjouir du bon emploi qu'on va faire de toi : le pere, la fille, mon fils ... ils font tous d'honnêtes gens.

SCENE VI.

DOMINIQUE *pere* ; M. DELOMER, *accourant avec tranfport.*

M. DELOMER.

ILS vont venir, quel va être leur étonnement & leur joie !.. mais eft-il poffible que vous ayez eû la conftance d'amaffer en filence une auffi forte fomme, fans être tenté d'en faire ufage pour vous ?

DOMINIQUE *pere.*

Je jouissais en songeant que j'amassais pour mon fils : prenez bien garde, il n'y a pas là une seule obole qui n'ait été acquise d'après les loix les plus sévéres de l'exacte probité. Tout est à moi bien légitimement … allez, cet argent profitera.

M. DELOMER.

Mais si ce fils si cher était venu à mourir, vous n'aviez que lui ! quels chagrins alors ! Entre les mains de qui cet or aurait-il passé ? que d'épargnes inutiles & perdues !

DOMINIQUE *pere.*

Oh ! j'y avais songé.

M. DELOMER.

Qu'auriez-vous fait ?

DOMINIQUE *pere.*

Quand je me suis dit à l'âge de vingt ans, il faut que je m'assûre pour moi & pour les miens une somme quelconque, afin de parer aux besoins de la vie, parce que l'argent sous ce point de vue est aussi nécessaire qu'une roue l'est à ma brouette, je ne songeais pas à mon enfant, puisque je n'étais pas encore marié ; mais dès ce tems-là j'avais un projet en tête.

M. DELOMER.

Et quel était-il, votre projet ?

DOMINIQUE *pere.*

Chacun peut faire quelque chofe d'élevé dans quelque état qu'il foit, il ne faut que vouloir ; les uns mettent leur ambition à bâtir, les autres à fe mettre en charge, ceux-ci à envoyer leurs biens fur mer : phantôme que tout cela, rien n'approche du plaifir que j'imaginais. C'était une action dont l'idée m'a toujours plû & qui me réjouit encore, quand j'y fonge ; la voici : fuppofons que je n'aie point d'enfant, je n'ai point d'héritier ; par conféquent ; j'ai là une fomme bien ronde, bien complette & qui ne doit rien à perfonne : perfonne, après mon décès, ne compte deffus ; on ignore abfolument ce que j'ai. J'écoute par le monde toutes les hiftoires que l'on y débite, je m'informe, je fuis fur le qui vive, j'apprends fecrettement qu'un honnête-homme, chef de famille, eft tombé dans l'infortune, ou par un revers fubit, ou par une perfécution cruelle ; il va perdre fon crédit ou fa liberté ; perfonne n'eft affez riche, ou n'a la volonté de le fecourir auffi promptement que le cas l'exige, il va être ruiné, il eft perdu fans reffource... que fais-je ! j'arrive un beau matin à fa porte, je frappe, je demande à lui parler en fecret, on m'introduit : j'entre tout comme je fuis vêtu à préfent, là, avec mon petit baril & mon tablier : il me regarde fort étonné... je lui dis tout bas à l'oreille en montrant ce baril du doigt ; honnête-homme infortuné, voilà

qui eſt à vous , prenez , n'en dites mot à perſonne...;
tous les Dimanches je viendrai à midi manger votre
ſoupe, adieu : & je diſparais.

M. D E L O M E R *ſe jette à ſon cou avec tranſport.*
Mon cher ami ! que je vous ſerre dans mes bras.

S C E N E VII. *& derniere.*

M. DELOMER , DOMINIQUE *pere* , Mademoiſelle D E L O M E R & DOMINIQUE *fils.*

Mademoiſelle D E L O M E R *à Dominique.*

Votre pere & le mien qui ſe tiennent embraſſés!
D O M I N I Q U E *fils.*
Serais-je aſſez heureux ... je tremble d'approcher.
Mademoiſelle D E L O M E R.
Ah ! je crains encore plus que vous.
M. D E L O M E R.
Avancez , ma fille.
D O M I N I Q U E *pere.*
Dominique , approche donc.
D O M I N I Q U E *fils* , *à M. Delomer.*
Monſieur, épargnez-moi : l'état où vous me voyez
eſt au-deſſus de mes forces, puiſque vous ſavez tout,
décidez de ma vie.

M. DELOMER.

M. DELOMER.

Et vous, ma fille, que dites-vous ?

Mademoiselle DELOMER, *timidement.*

J'attendrai vos ordres, mon pere, & me ferai
un devoir de les remplir.

M. DELOMER.

Mais il me semble que vous vous entendez par-
faitement, & qu'il n'eft pas befoin d'expliquer plus
au long ce qui eft entre vous.

DOMINIQUE *pere.*

Elle a rougi, fon cœur a parlé. La belle enfant!
qu'elle m'enchante !

(*Mademoifelle Delomer fe trouble & veut fe retirer.*)

M. DELOMER.

Reftez, ma fille, reftez... je connais vos fentimens, je les approuve ; il ne tient plus qu'à vous de
lui donner votre main, j'y confens.

DOMINIQUE *pere, à fon fils.*

Entends-tu ? m'en croiras-tu une autre fois ?
Quand je te l'ai dit ; va, va, les peres en favent
toujours plus que les enfans.

DOMINIQUE *fils, à M. Delomer, prenant
la main de Mademoifelle Delomer.*

Ah ! je crains de m'être trompé ... vous me l'ac-
cordez... dites, repétez-le ; mais non ; il me fuffit,
votre promeffe m'eft donnée ... la furprife & le
plaifir m'ôtent la voix.

G

M. Delomer.

Ma fille, est-ce de bon cœur que tu acceptes Dominique pour ton époux ?

Mademoiselle Delomer.

C'est lui que j'aimais, je me plais à l'avouer. Ce n'est pas la richesse, qui rend si heureux, & quand on s'aime bien, il est facile d'être content avec peu.

Dominique père.

Voilà qui est parlé. (*A Mademoiselle Delomer.*) Je ne vous répugne donc pas, Mademoiselle : vous aimerez donc aussi un beau-pere bâti comme je le suis ?

Mademoiselle Delomer.

J'ai appris de bonne-heure à chérir la probité sous quelque vêtement qu'elle paraisse, & vous vous êtes montré avec tous un si digne homme, & avec lui un si bon pere, qu'il serait difficile de ne pas vous chérir.

Dominique *père, les prenant par la main &*
les conduisant à la Brouette.

Connaissez le pere Vinaigrier : voyez son trésor il est pour vous : voilà la secrette épargne de tout ce que la fortune lui a procuré depuis sa jeunesse. S'il avait davantage, il vous le donnerait. (*Il étale l'or & l'argent.*)

Dominique *fils.*

Quoi ! mon pere, ceci serait à vous ?

DOMINIQUE *pere.*

Oui, mon ami, à moi. Ton faififfement, tes
grands yeux ouverts, ton air extafié me caufent
plus de joie dans ce moment que les mines du Pé-
rou n'en ont jamais fait éprouver à tous les Po-
tentats de ce monde.

M. DELOMER.

Sachez qu'il y a là près de cent-mille livres.

DOMINIQUE *pere.*

Eh ! mais vraiment, c'eft tout comme je vous l'ai
dit.

DOMINIQUE *fils, à M. Delomer.*

Allons, Monfieur, allons, nous allons mettre
ordre à tout...(*Vivement.*)N'eft-il pas vrai,mon pere?
Il ne faut point perdre de tems ... Cette fomma...

M. DELOMER.

Dois-je le fouffrir ? Non, non.

DOMINIQUE *pere, à fon fils.*

J'attendais ce mouvement de ton ame, & tu ne
m'as point trompé : oui, il faut réparer cette faillite malheureufe. Quel plus noble emploi peut-on
faire de cette fomme ?... Mes enfants, femez avec
cet argent, femez fans crainte, & la moiffon fera
bénie du Ciel.

Mademoifelle DELOMER, *lui fauter au cou.*
Ah ! que je vous embraffe comme un pere.

M. DELOMER.

C'eft bien, c'eft bien ma fille. Honore & refpecte toujours en lui cette grandeur d'ame & cette bonté qui me furpaffent & que du moins j'admire.

(*ils s'embraffent tour-à-tour.*)

DOMINIQUE *fils, à fon pere.*

Mon pere ! quoi vous aviez tout cet argent à votre difpofition, & vous avez traîné la brouette, & vous m'en faifiez un fecret ?

DOMINIQUE *pere.*

C'eft à ce fecret que nous devons tous notra bonheur. Un feul confident aurait pu tout gâter. Il m'aurait peut-être détourné de mon genre de vie : on fe laiffe féduire à la fin ; & , d'une fantaifie à une autre, tout cet argent fe ferait envolé de façon que fans en avoir été ni plus gras, ni plus content, je ne me trouverais pas au but où je fuis aujourd'hui . . . A l'égard de la confidence que j'aurais pu te faire, c'était encore une autre queftion... heureux l'homme que fon pere élève fans nulle autre perfpective de reffource que lui - même ! il en vaut bien mieux ; & tous ces mauvais fujets, tous ces enfans de famille, mangeurs de foupe apprêtée, n'ont que de la fuffifance & font mauvaife nourriture du bien de ieurs parens, dont ils n'aiment trop fouvent que l'héritage : l'afpect d'une fortune affurée les rend fainéans, pareffeux & conféquemment libertins. Il faut qu'un

jeune-homme fente de bonne heure l'inquiétude
du befoin réel & la néceffité du travail, fans quoi,
ordinairement il ne fait rien faire d'utile. Si le malheur eût voulu que tu te fuffes gâté au point d'être
un vaurien comme j'en vois tant, oh ! je ne te le
cache pas ; tout ceci aurait été pour un autre,
afin d'être mis à bon ufage.

DOMINIQUE fils.

Vous auriez bien fait, mon pere... Mais que ce
fruit de vos épargnes vient à propos ! il ne pouvait
m'être plus précieux que dans ce moment (Regardant Mademoifelle Delomer.) où tout fe réunit pour
combler ma félicité.

DOMINIQUE pere, fe raffafiant du plaifir de
les voir.

Les chers enfans ! Je pafferai ma vie avec eux.
(A Monfieur Delomer.) Ne vous y trompez pas :
vous êtes l'homme chez qui j'irai tous les Dimanches manger la foupe, vous en face, & mes deux
enfans à mes côtés, afin qu'en me reculant un peu,
je vous voye tous trois, là, à mon aife... gardons
nous de faire trop de bruit ; que rien de ceci ne
tranfpire. (A fon fils.) Allons, Dominique, mene la
brouette de ton pere ; voyons cela. Il faut aller
vuider le tout dans la caiffe. Ma bru ira faire
écarter les domeftiques, en ordonnant de faire fer-
vir le foupet : car il eft l'heure, je penfe. (Il regarde à une groffe montre d'argent qu'il tire de fon gouffet.

M. DELOMER.

Dès ce soir nous passerons contrat... Voulez-
vous mon Notaire ou le vôtre ?

DOMINIQUE *pere.*

Un Notaire ! Moi ! Et pourquoi faire ?.. Quand
la bonne-foi n'est point dans les paroles elle ne se
couche point dans les écrits ... Au reste, faites se-
lon que la mode l'exige, puisqu'à chaque bibus il
faut employer deux de ces Messieurs. (*Appercevant
Mademoiselle Delomer qui aide à Dominique.*) Eh !
voyez, voyez, je vous prie, qu'ils font bien ainsi
attelés ensemble !..(*Il rit.*) Allons, allons, mes
bons amis, je vous laisse faire, je ne m'en mêle
pas : courage, voyons si cela roulera ...(*La brouette
n'allant pas bien, Monsieur Delomer met la main à
l'œuvre.*) Et vous aussi, vous-tirez à mon baril ;
bon, bon, cela. (*Il rit.*) Ah ! les mal-adroits !..
Eh bien !.. vaille que vaille ...(*A son fils.*) Tu
ne te plains donc plus de ma brouette ?

DOMINIQUE *fils.*

Oh ! non, mon pere, non ...je ne savais pas
quel vinaigre était dedans...

DOMINIQUE *pere.*

Ma foi, c'est du meilleur que je puisse donner...
Cela fait revenir de bien loin, n'est-il pas vrai ? &
on peut le mettre à toutes sauces. (*La brouette
sort : Dominique pere, arrêtant Monsieur Delomer.*)
Vos domestiques !... Ces drôles-là, ils vont être

bien étonnés de me voir à table, avec mon bonnet;
je ne le quitte pas au moins… ils ouvriront de
grands yeux… tant-mieux, tant-mieux; cela fera
plaisant. … Ils ne voulaient pas que je misse là la
brouette; n'ai je pas bien fait d'entrer malgré eux?..
Oh ! j'en rirai longtems.

M. DELOMER.

Venez, mon cher ami, venez : cette maison-ci
déformais fera plus la vôtre, qu'elle n'est la mienne.

Fin du troisieme & dernier Acte.